老戴说镜头

关外长镜

戴占军◎著/摄影

西苑出版社
XIYUAN PUBLISHING HOUSE

图书在版编目（CIP）数据

老戴说镜头：关外长镜／戴占军著．—北京：西苑出版社，2013.12

ISBN 978-7-5151-0413-3

Ⅰ．①老… Ⅱ．①戴… Ⅲ．①游记－作品集－中国－当代 Ⅳ．①I267.4

中国版本图书馆CIP数据核字（2013）第288630号

老戴说镜头：关外长镜

作　　者　戴占军
摄　　影　戴占军
责任编辑　李雪松　Email:woyaozhenggao@126.com
出版发行　西苑出版社
通讯地址　北京市朝阳区和平街11区37号楼
邮政编码　100013
电　　话　010-88637122
传　　真　010-88637120
网　　址　www.xiyuanpublishinghouse.com
印　　刷　小森印刷（北京）有限公司
经　　销　全国新华书店
开　　本　787mm×1092mm　1/16
字　　数　130千字
印　　张　8.5
版　　次　2014年2月第1版
印　　次　2014年2月第1次印刷
书　　号　ISBN 978-7-5151-0413-3
定　　价　38.00元

（凡西苑出版社图书如有缺漏页、残破等质量问题，本社邮购部负责调换）

序

保持一双好奇的眼睛

司马小萌

我当记者三十多年，经常照片、文字一把抓，自觉玩儿得很“嗨”。

没料到有一哥们儿，在这方面比我还要“游刃自如”。此人姓“戴”名“占军”，人称“老戴”。

叫他老戴，实在抬举了他。想当年，我小学都快毕业了，他还在娘胎里翻跟斗哩。如今的他，忽略掉鬓角两撮白毛儿，单看那股风风火火的办事劲头、爽爽朗朗的谈笑风度，就很难与“老”字挂钩。

不叫他老戴，又多少委屈了他。看此君办成了多少事啊：长篇小说两部、长篇报告文学三部，还有诗歌散文集、摄影集、摄影普及专著问世；他编写电视连续剧，演过“男二号”，在电台做节目，还到处授课传经，又玩出点击率超过数十万众的博客，真是精力充沛，劲头十足。作为新闻人，他的本职工作不但没耽误，还“墙里墙外”都吃香。难怪他这个五十岁出头儿的人，在十几年前就拿到了国务院颁发的专家特殊津贴。众所周知，大凡能进入这名单的，都不是一般人，要么有成就，要么有说头儿，要么……

老戴千真万确属于第一种。

也许你会问，此君的冲天干劲从何而来？

我没有认真研究过他，说不清楚。不过，有关此人的一些零星片段，却叫人印象深刻。

例如，他从十几岁起练武术，从不间断，至今一把年纪了，还能站桩走套、散手对搏；

例如，他没有睡午觉的习惯，晚上也是五六个钟头足矣，而且倒下就着，自称睡眠效率极高；

他进藏多次，最长一次不过月余，竟然倒腾出上万张照片、十数万字文章。好像他的手指一直按在快门上，似乎他的脑瓜子始终在忙着撰文、排版。

有句话他说得精彩："我不停地走，不停地看，期待着瞬间的永恒。"

当瞬间真的化为永恒的时候，我们这才领悟到：其实大千世界，什么都可以写，什么都可以拍。我们身边充满素材，一路走来全是体验。你可以写得让人爱读、想读，你可以拍得让人觉得好看、耐看。关键是，你能否看到别人常看却没有看到的东西，写出别人想写却没有写出的文字。

当老戴用他那些"不很专业"的相机拍出许多"相当专业"的照片，结集画册《长旅瞬间》问世，中国摄影家协会主席邵华在她生命的最后时刻还为他作了序；当他出版了一本厚达三百页的摄影专著《你也能成摄影家——用低端数码相机拍出好照片》，把诸多专业知识讲得天花乱坠、头头是道，我等从事摄影多年的资深人士，不禁"瞠目结舌"、肃然起敬。不难看出，这位摄影"票儿友"，早已从照相的初级阶段进化到摄影的高级阶段，从猿到人了。

在今天这本摄影文化随笔《老戴说镜头：关外长镜》中，老戴继续"发扬光大"着他的码字水平和快门功夫。在散而不松、杂而不乱的叙述中，在图文并茂、有声有色的氛围里，历史与艺术的双重价值得到了完美体现。这是一个童心未泯、时刻准备“踏上快乐和发现之旅”的家伙在身体力行地为大家“抛砖引玉”，并发出“与我同行”的诚挚邀约。

让我们永远保持一双孩子般好奇的眼睛，在兴趣中探索，在探索中兴趣。这样你会发现，生活其实可以很充实。

而且，你也不会老得太快。真的。

2013年12月

自序

从摄影回归文字

五年前，当我出版第一本摄影集《长旅瞬间》的时候，写了一篇文章，题目是《从照相走向摄影》。这篇文章，无涉技法问题，主要谈的是在网络和数码时代，我们手持普通数码相机的人，如何通过理念和意识的创新，玩出“照相”的新感觉，赋予影像语言新的含义，实现摄影创作的目标。

该文后来被多家平面媒体、网络媒体转载，并被摄影爱好者和部分专业人士所认同。

这极大地鼓励了我的积极性，隧在摄影课PPT课件的基础上，撰写了一本近30万言的摄影普及读物《你也能成摄影家——用低端数码相机拍出好照片》，出版发行后，获得较好的市场反应。

一时间，我俨然成为摄影艺术的行家。

兴奋之余，这着实让我心内打鼓。

这是因为，照相也好，摄影也好，本不是我的专业和全部兴趣所在，不过是“票儿友”的干活。没成想一不留神，竟然挤到了“摄影家”的行列中。

如果放下谦虚，说实在的，我不过是个新闻专业出身的文字匠，摄影只是我的业余爱好，码字才是我独钟之情和兴致所在，并在这一领域确有收获。譬如我已出版的十几本新闻、文学作品，聊可作证。

因此，“摄影家”的头衔，在我既是喜出望外，又深感受之有愧。

由于知道自己吃的是什么饭、能吃什么饭，所以近些年来尽管我在摄影上撞出了彩头，但始终没有也不敢放弃文字的老本行，贴着摄影的话题和经历积累下三四十万文字。心说在文字和摄影两相交叉的边缘游走，也许是一条适合于我的路子。

这样一种心态和抒发胸臆的方式，就是今天这本“摄影文化随笔”得来的主要因由。

收在这本集子中的随笔，是我近年来摄影经历的伴生品，她们不仅记录了我“从照相到摄影”的足迹和心路历程，还让我由此生发的思想感悟，找到了可以寄托的载体。

于是，我这样一个喜欢摄影的新闻人和文字匠，在摄影随笔中战战兢兢地拾回“自信”，重新找到了“不想当将军的士兵不是好厨子”的感觉。

然而，当这些为了更好地表情达意而配上“摄影作品”的文字，即将付梓面世的时候，我却愈发惶恐不安起来。原本的创意是想“借照片点亮文章，从摄影回归文字”，但结果也许是——文、影两无是处，全都耽误了！

如果真是这样一种结果，我还是老老实实做新闻吧，这可是我的饭碗啊。

不过无论如何，我是爬格子出身，并且始终保持了对文字的敬畏和置身其间的激情，所以摄影和文字两择，我似乎对自己的“快门功夫”更心虚，而对“舞文弄墨”的胆量更大一些。

这个胆量，有无知者无畏的成分，也不全然是没边没影的虚妄，好歹是有事实依据的。比如，收在这本集子中的随笔，除了一部分已在报纸、杂志发表外，还有一些篇什曾在我的博客传播。而对这些伴随着相应的照片以博文面目出现的文字，许多网友的反映是：“老戴啊，你的文章似乎比摄影作品更有看头。”

得，这一句话，把我打回原形。不过，就摄影而言，这样的评价虽然让我有些气馁，但就作文而言，却给我增添了不少信心。人是需要鼓励的，甭管他年龄多大，在读者面前，永远都是个需要“表扬”的学生。因此，平面受众和网友们对我文字的过奖之辞，激励我从摄影的“自娱自乐”中走出来，重新审视我这些因摄影而产生的文字，并最终鼓起勇气把她们筛选打包，和盘托出。

毫无疑问，摄影不是技艺，甚至不是一种单纯的艺术，而是一种文化。特别是在数码和网络时代，她既是一种交流的语言工具，更是语义本体所在。一张好的照片，借助网络传播手段，也许胜过传统的“千言万语”。数码技术和网络的功能，使得影像固有的文化张力、信息张力以及艺术张力，得以有效的发挥。不过，无论是“照片”还是“摄影作品”，即使她再完美，也不可能完全替代或超越文字的功能。

这正如我惯常所言：一张好照片，一定是“会说话”的照片。但是，当她言不能尽的时候，我们还能做什么呢？随笔！我找不到比随笔这一文化样式更能帮助照片把话说好、说透、说痛快的介质了。

于是，我这个以文出身的摄影人，从镜头感重新回到文字的海洋里，把我的照片没有能力承载的情感和无法记述的故事，借着随笔的率性、自由和放纵，来尽情发挥了。

最后，要特别感谢两位女性。

一位是西苑出版社的领导、作家刘小晖女士，她对书稿提出了本质性的修改建议，这就是大家将看到的书内近百篇随片拍摄札记“摄影一点通”。采取一片一议的方式，结合具体照片讲解了我的拍摄心得、经验和摄影常用的实操手法。她的建议，使本书多了一项摄影技艺、摄影审美的普及功能。

另一位是著名摄影家、新闻人和作家司马小萌先生，我要对她表示特别的敬意，她在百忙中审读书稿，并给我许多鼓励和支持。我不仅要感谢她为本书作序，更感谢她看透了我的心。

戴占军

2014年1月

目录

CONTENTS

壹 诗匪同道大青山 1

摄影技巧：小景出大片与大气透视

贰 冰城炫彩：怎一个脱字了得 13

摄影技巧：机上俯拍与冰灯的拍摄

叁 一个人和一棵树 21

摄影技巧：弱光下的静态拍摄

肆 走进库尔滨 29

摄影技巧：顺光与逆光时的曝光方法

伍 伊吉密河边 39

摄影技巧：镜头中的线条处理

陆 石海探花 45

摄影技巧：景深的三个要素

柒 树问 53

摄影技巧：让照片提出问题

捌 石林光影 57

摄影技巧：用侧逆光强化光影趣味

玖 当江河遇上大海 63

摄影技巧：对比之美与风的视觉感知

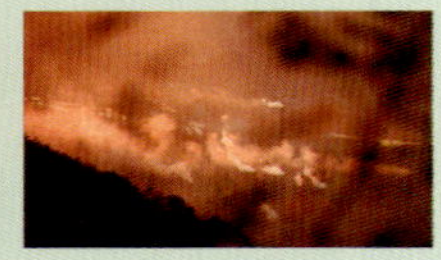

拾 钢城暮色 71

摄影技巧：用慢门拍摄烟雾烘托气氛

拾 壹 三江浩浩看落霞 77

摄影技巧：用“错误”的模式拍出奇异

拾 贰 赫哲故里看渔乡 83

摄影技巧：在拍摄前有的放矢修改相机数据

拾 叁 乌苏镇上看落日 87

摄影技巧：一张落日照的“四要”

拾 肆 华夏东极看日出 93

摄影技巧：长时曝光实现人眼所不能

拾 伍 空中花园看美人 97

摄影技巧：近些再近些

拾 陆 凤凰峡谷看溪流 103

摄影技巧：如何表现溪流的滋美

拾柒 嘉荫探龙

109

摄影技巧：怎样把远近事物都拍清晰

拾捌 从“猫狼”到“欧米茄”

115

摄影技巧：视平线横在哪儿

壹

诗匪同道大青山

小景出大片与大气透视

▲大青山晨曦

那天即将分别的时刻，我们这一行的“政委”傅兄准备了笔墨，让我在留言簿上“尊赐墨宝”。当时我趁着豪饮之兴，不假思索，迷迷瞪瞪地写下四个蜘蛛爬似的大字：诗匪同道。

现在酒醒了。嘬着牙花子一琢磨，不对呀，这四个字似有不妥。谁是诗人谁是土匪呀？说谁呢？文雅的诗人和大块吃肉、大碗喝酒的胡子，完全挨不上边儿嘛，怎么让你给一锅煮了！

心怀忐忑，我翻阅整理此次北上的照片。北国冰天雪地的奇冷和东北朋友们的热情，交织成冲击力强悍的蒙太奇，一个接一个地扑到我眼前，让我热血沸腾起来。

▼寒木霜林 摄于大青山峰顶

难忘啊，难忘那寒冷中恢宏壮丽的北国风光，难忘那几天里东北爷们的豪情侠意！黑土地上冬日里的景与情，让我过足了冰火两重天的瘾，灵与肉得到了完全释放。

这些此行我刚刚结识的朋友们，似乎在那里已经等待了我一百年，握手寒暄的那一刻，就已定下了莫逆之交；而我们所到之处的山林河谷，也是那样善解人意，把冰雪的至纯至美，毫无保留地呈现在我们面前。

所有这些，都让我们快乐到忘乎所以！这种近乎疯狂的快乐，不仅体现在扒光了上衣，在零下三四十度的严寒中狼嚎鼠窜，还体现在炉边围坐，开怀畅饮，一天三顿生灌，居然没有一个醉倒的。而最妙的是，如此野性大发之后，各位大侠竟可以收放自如、回归正果，或在拍摄地的窝棚里挥毫泼墨、吟诗作画，或在深山老林里爬冰卧雪、专注拍摄。

你说，这是一群什么东西？

这就是我们，一帮由于我的到来和我的融入而聚在一起，狂放不羁的北方汉子。幸亏此行中尚有唯一一位东北大妹子——女企业家小杰，让大家收敛了许多，否则，还不知会玩出什么惊天地、泣鬼神的花样来！

如此来看，所谓“诗匪同道”，也许真是神来之笔，形容我们这一帮是再恰当不过的了。

其实这四个字，不仅是我此行的感受，也是我文化观或艺术观的简而言之。我一向觉得，文人也好，文章也好，如果少了匪气，即侠肝义胆、剑行天下、拍案而起等等这些东西，必然文而无用，不是小生也是娘娘腔。在我看来，时下文化界特别是流行文化界阴气太重，弥而不去，概由于匪心、匪胆、匪情、匪意太少的缘故。

这一节暂且不去说他，还是把此行的匪兄匪弟们做个简要交代吧。

我对东北，本不生疏。我的第一部长篇小说《野莽雄风》（后来出版社为了好卖钱，居然改名为《平南洋和一枝花》），写的就是东北的故事。那时我在白山黑水体验生活，先后待了有两三个月。后来去东三省公干或采访、采风，恐怕一二十次总是有的。但冰雪时节东北的深山老林，我却从未真正体验过。

黑龙江伊绥高速路建设指挥部的晨兄，热情邀请我去伊春踏雪，遂把我勾了去，也让我掉进了匪窝。

我和晨兄从哈尔滨驾车出发，经铁力继续北上。没想到从这里开始，加入行旅的成员越来越多，团队竟如滚雪球一般，越滚越大。最终从单车两人，发展成了三车十数人。一路上还有因工作忙或领导看得紧而想来却来不了的，急得抓耳挠腮上下横蹦，不然的话，真可以组成一支啸聚山林的庞大队伍了。

▼阳光的抚慰 摄于大青山石海

这一行十数人，虽算不得兵强马壮，但人人都有来头，个个笑傲江湖。有著名的书法家、画家、社会活动家，还有在当地无人不知、无人不晓的作家、摄影家、企业家和名媛大腕等等，个个身怀绝技，四方通吃。

尤其是戴上眼镜像文人、顶上狗皮帽子像土匪的傅兄，还有喝起酒来像包工头、吹起牛来像大首长的伟哥，在伊春一带码头上很有人面儿。于是我等一路之上，走到哪儿吃到哪儿，颇有东北当年“吃溜达”、抢大户的气概。

既然有了队伍，就得有个名号，人也得有个头衔，譬如座山雕、马大棒子、三撮毛等等，不然就成一盘散沙啦。傅兄是个有心之人，早就准备了。他从后腰上“哧啦”一声拽出一大卷子油纸来，迎风展开，由书法家范大师亲笔书写“库尔滨之旅”几个大字，张挂开来，猎猎飘扬。

库尔滨是我们伊春的第一个拍摄地，因而成为我们这支队伍的名号。关于库尔滨勾魂摄魄的雾凇冰河之美，此文先不涉及，给大家留点儿念想。

名号有了，还得选出个头领来，否则队伍不好带啊。当头领必须德高望重，本来以岁数和职称论，非我莫属的。但我是远道而来，在伊春地面上两眼一抹儿黑，带队伍肯定带到沟儿里去。年纪第二大被称为“伟哥”的仁兄，迫不及待地跳出来，自荐充任“库尔滨之旅”的旅长。有人反对，刚一张口，他马上拿手一指：“闭嘴，这样对你有好处！”自此，这话成了全旅的口头禅。斗嘴斗不过对方时，最具杀伤力的话就是：“闭嘴，对你有好处！”

于是，伟哥摇身一变成了“旅座”，傅兄当仁不让成了“政委”，把我勾到伊春来的晨兄自然而然地占上了“参谋长”这把交椅。这哥仨弹冠相庆，还嘻嘻哈哈地打趣：“正是当官不带长，放屁也不响啊！”剩下的十来个弟兄一听，眼珠子都红了，闹嚷嚷地说：“不行不行，咋着也得给俺们弄个师长旅长干干吧？”

伟哥一听急了，“闭嘴，对你们有好处！我才是个旅长，你们瞎闹哄个啥？”一番讨价还价，把“政治部主任”“后勤部长”“宣传部长”“通信部长”等等，全配齐了，就连年轻有为、大器早成的书画家张小弟，也捞了个“文化部长”的肥差。

雪野银珠 摄于大青山主峰

摄影一点通：业内有言：小景出大片。说的是摄取小景，往往给人更强烈的视觉冲击，获得更好的艺术效果。这张在大青山抵近拍摄的小景，确实别有味道。拍摄时人是趴在雪地上，镜头与草棍上的小雪球在同一水平线，以追求“蚂蚁看物”的视觉效果。手动拍摄，光圈 f2.8，尽可能减小景深范围，采用典型的侧光拍摄，并把明亮的主体（小雪球）布置在阴暗的背景下，强化了光影感受。

这回我可真是坐不住了。干啥呀，磕碜人咋的？凭啥全旅的人个个带长，就俺一个小半喇子啊！

参谋长晨兄鬼点子多，大眼珠子咕噜一转安慰我：“戴老哇，您年纪大了，哪能让您老受这份儿累啊……这么着吧，您退居二线，当中顾委还不行？”

大家随声附和：“不错不错，挺合适的。”我耷拉着脸嘟囔：“合适个球毛啊，还中顾委呢，充其量是个旅顾委！”各位爷哈哈大笑。从此，我就“旅顾委”了。

后来大家叫着“库尔滨之旅”，觉得太长又没有匪的味道，于是省而略之，竟成“库旅”。至于从“库旅”到“酷旅”，是散伙儿那天才定下的。虽说大家匪气十足，但终究都是文化人，“酷旅”还带着点儿洋味儿呐。只不过，在“库尔滨之旅”被叫成“库旅”那几天，俺们一把手伟哥的日子可是着实不好过喽，竟然从“旅座”，一下子跌成了“裤头儿”——库尔滨之旅的头儿！

如此昏天黑地的混闹，每天都弄出无数的笑话来。

“诗匪同道”的种种真人秀，暂时说到这里，且言大青山之行吧。

▲ 雾漫寒山 摄于大青山下

摄影一点通：这是利用大气透视规律，拍摄的一张照片。大气透视，又被称为空气透视或阶调透视，具体表现是，由于烟雾、水气、尘埃等物质对光线的扩散作用，事物呈现出明暗不同的阶调或深浅不同的色彩。运用大气透视拍摄，可以很好地表现空间感，营造空灵、飘渺的氛围。这张照片在拍摄时采用侧逆光，运用大气透视近暗远明、近清远浊、近深远浅的规律，使得画面空阔而灵动。

大青山在伊春地区的带岭，如我打趣所言："是我们老戴家的地面。"而我也确实是在带岭，找到了拍摄的感觉。

本来，带岭的大青山，未被列入我们的行动计划之中，原本打算去拍摄红松林的。但因大雪封山，不得进入，只好临时改变计划，长途奔袭转向带岭而来。这也是匪的习性，捞得着就捞，捞不着就跑，总之正规军的不是。

摸黑在铺满冰雪的羊肠小道上一路狂奔，过了饭口儿，才赶到一百多里外的带岭。但到带岭来干什么？带岭的好去处在哪里？不仅我是一头雾水，就连“裤头儿”、政委、参谋长等等，也都是瞎猫撞死耗子的心态。

人困马乏的一行，下车就被当地的朋友直接拉进了涮肉馆，个个吃得满嘴流油。当地朋友说：“明天一早上大青山吧，看日出。路不好走，上山要两个小时，咱得早点儿动身。”

掐指一算，日出时间是 6 点左右，最晚得凌晨 4 点起床。全旅的人面面相觑，摇着脑袋耍赖，“起不来呀，不想去啦……”

不怪各位知难而退，这一路上几天下来，我出了名的精神头儿把他们熬得够呛，陪着我早出晚归的，真是有点儿扛不住了。

结果，第二天凌晨奔赴大青山的一行，只剩下我、政委、参谋长等四五个人。

大青山是带岭主峰，地处伊春、鹤岗交界，是小兴安岭第二高峰，海拔 1200 米左右。山中是针阔混杂林木，以原始次生林为主。主峰南坡，有一片大大小小的石头组成的石海，被人视为奇观。不过在我看来，比起森林、树挂、天色、发电风车，特别是层峦叠嶂、晓雾山岚等等，石海只能算是个陪衬。山上有几处风口，极为寒冷，车内温度显示器曾指向零下四十多度，拍摄时间稍长，相机即被冻住。我在更换镜头的时候，摘下了手套，手指摸了一下长焦镜头的铁质外壳，竟然就被冻伤了，直到现在仍未痊愈。

不过，大青山的曙色、日出，真的非常上镜，所付出的辛苦和代价，值了！

没去的这几位爷，在我们下山回来后听了如此这般，肠子都悔青了！为了弥补他们在此行中的这唯一一次、也是最不该的一次掉队，我首先整理出大青山的照片，也好让那天缩在被窝里睡大觉的匪兄匪弟们上上眼。

▲ 北风吹 摄于大青山石海亭

当然啦，如此一来，打破了“库尔滨之旅”的时间顺序，对其他朋友们来说，读起来可能就有点别扭了。这也真是没有办法，我得先照顾那帮土匪，不然他们连“旅顾委”都不让我当啦。

贰

冰城炫彩：怎一个脱字了得

机上俯拍与冰灯的拍摄

▲ 冰雕大理神韵

航班起飞的时候，早晨 8 点的阳光，清新而柔软。

这是北方大面积降雪之后，一个难得的好天气。飞机拉升，穿过时有时无的薄云，进入巡航状态。从舷窗下看，大气澄澈透明，山峦、河流、田畴、村落，清晰可见。我有一种驭风而行的畅快感。

这次降雪，猛烈程度和范围之大，有点儿吓人，横扫欧洲、北美、印度次大陆和东北亚广大区域。全球半个多世纪未遇的寒潮，给人们的生产、生活带来巨大影响。印度和东欧都有人员伤亡，在我国内蒙古、东北等地区，也酿成了冰雪灾害。

▼ 航路俯瞰

摄影一点通：在空中向下拍摄地面，拍出的照片感受，很像散点透视的传统中国画，给人咫尺千里之感。透视本是绘画术语，后运用于摄影等平面造型领域。欧洲人在造型艺术中，运用的是焦点透视，作者是立足于固定一点，视域有限；而传统中国画，作者的立足点不是固定在一处，而是多点观察，把多个视域中的事物组织在同一幅画面中。在空中向下拍摄，我们感觉事物离我们远近几乎是相同的，弱化了近大远小等焦点透视规律，而更近乎散点透视的意象。

有人说，我国的降雪，主要来自于西西伯利亚冷空气和太平洋暖流的纠缠。而据我所知，从北半球的视野来看，这场肆虐多国的降雪，其主要成因是“北极涛动”或称“大西洋涛动”。

我因在动身去东北前，做过一期新闻谈话节目，其中涉及这场大雪和极端气候变化问题，生吞活剥了一些资料拿去现卖，所以对行内术语和专业阐释，明白个大概。

大雪飞降，也是几家欢乐几家愁。华北包括北京地区，是近年来较干旱地区，降雪对缓解旱情、保护冬小麦越冬，无疑大有裨益。而我最直接的收获，是雪后下半夜在居住的小区里游荡，如孤魂野鬼一般，拍回一组灯、雪、月交相辉映的小景。没想到，这组关于冰雪的怡情小品，上传后竟有数万人阅读、上千人跟帖，让我惶惶然欣欣然，两天里高兴得一塌糊涂。

那雪后小景，不仅赢来好评如潮，还成为我这次北上，后来成为“库尔滨之旅——库旅——酷旅”的直接动因。本来，黑龙江的朋友晨兄约我去东北踏雪，已经有一段时间了，但我却因诸事缠身，一直未得成行。而我的《北京灯雪月》文图上传之后，有网友在和我交流中说：“你那也叫冰雪？你那也叫灯？来我们哈尔滨的冰雪大世界看看吧，那才是冰雪和灯的大观啊！北京人太可怜啦！”

这说法让我动了行走的心，最起码是动了好奇心，于是才坐上了大新华的这架早班机，投奔晨兄而来。

其实哈尔滨的冰雕雪刻艺术，我是早有领教的。我做学生的时候，曾去大庆实习采访。那是个依然寒冷的早春，路过哈尔滨时，曾在一个公园里看过冰雕。这里竖个人形，那里蹲个狗样，似是非是，无非如是。本来我对人造的景观，就不大感冒；开河凿冰，还有“破坏自然环境”之嫌。这让我对冰雪人为弄出的玩意儿，摇头多于点头。

但“冰雪大观”一说，对我确是个诱惑，我想象不出它的样子和这话的真假，所以很想有个验证。

我的另一拨儿由铁哥率领的新闻界朋友，听说我“大驾冰城”，派了小字辈的阿峰接我，从机场直接把我拉到城里的酒桌上。于是，两拨儿朋友兵合一处将打一家，给我接风洗尘。

此行的这第一顿吃了些什么，记忆已完全模糊。印象深刻的是，进城之后，交通异常拥堵，每条路都是车水马龙，水泄不通。感觉整个哈尔滨，是在积雪中缓缓蠕动。此时航路上的万里晴空，换作灰蒙蒙的一派气象，虽然偶有太阳羞答答地露下脸，但时紧时缓的雪花和板结的冰雪，却是这座城市的主题。

冰雪所制造的缓慢，使哈尔滨有一种“战战兢兢的优雅”，让我想起一个大老爷们儿穿上高跟儿鞋走路的模样，滑稽而且危险！为了去掉

"高跟儿"，让城市跑起来，许多人拿着铁铲、钢叉等"原始工具"，一点儿一点儿地去除马路上的冰壳，其工作进度，比冰雕创作恐怕也快不了多少。而板结的冰雪尚未去完，新落的雪花又铺洒了一地。

忧国忧民的晨兄，即我们的"酷旅参谋长"，后来说到他的一项发明——我认为对哈尔滨等北方城市来说，是一项绝对伟大的发明！我叫它"道路破冰除雪机"。它的伟大之处就在于，采用自行机械方式，可以迅速地把板结的冰雪捣碎，收集清除，同时对路面不造成任何破坏。其工作效率之高、效果之好，抵得上两三万人扛锹动镐上大街！我想，如果晨兄这项实用新型能够得到落实，哈尔滨还怕个球雪盖冰压、北极涛动？所谓西西伯利亚寒流，就更是不在话下了！

可惜晨兄的这项发明，由于种种原因还没有实现产业化。我在此做个呼吁：欢迎有心的、懂眼的、开窍的，前来洽谈合作，绝对是利国利民、商机无限！

你看这些被我称为"匪"的弟兄们，肚子里有货吧？

接风洗尘之后，新闻界的大哥大级人物铁哥等，回单位公干，我和晨兄、阿峰三个人，稍事休息，便忙着去看网友所说的"冰雪大观"。

▼ 雪雕丝路花雨

时近黄昏，天空已经堆积起厚重的阴霾，覆盖了整座城市。小北风尖锐且具有穿透力，割得人脸颊生疼。降雪越来越大，雪花细碎，急如密雨，在风的搅动下，铺天盖地而来。

我是初到东北，把带来的棉衣棉裤，全都武装上了，穿成太空人般，但依然冻得直打哆嗦。晨兄笑道："这就不错啦，才零下 20 多度，是这些天最暖和的一天呢，你念好吧。"

我便一路念着"老天开眼"，在太阳岛上开始了赏雪观灯之旅。

▼ 冰雕丹麦城堡

果然天遂人愿。等我们拍过雪雕展，进入冰雪大世界冰雕区的时候，大雪竟然忽忽悠悠地停了下来。寒风也识趣地偃旗息鼓，为我们提供了更好的拍摄条件。

冰雪大世界，让我惊骇而喜悦，岂止是“冰雪大观”可以形容的！

以“冰雪建筑华章，欢乐相约世界”为主题的本届冰雕展，气势之大、光彩之炫、雕琢之精，绝对巧夺天工、史无前例。称它世界之最，谁敢有二话？

据介绍，冰雪大世界始创于1999年，一年一度，如今已是第十一届了。哈尔滨人玩冰弄雪，其理念和手法，远非当年我在公园里所看冰雕可比，不仅具有世界级的眼界和市场的大手笔，还在东北人的豪迈热辣之中，注入了高科技的精雅与神奇。

本次冰雕展共占地60万平方米，用冰用雪量分别达到了16万立方米和10万立方米。除此之外，最大的看点是广泛运用了LED照明技术，在省电节能的同时，装点出一派姹紫嫣红、晶莹剔透的梦幻世界。

摄影一点通：冰雕的拍摄，关键是表现冰在灯光作用下的晶莹剔透，以及以冰为介质的物态造型美。这张照片选择城堡群的斜侧面安排机位，使城堡群的轮廓边缘组合成中间高、左右低的非等边三角形，不仅看上去造型优美，而且相对清晰、完整地呈现了被摄主体的物貌。采用三脚架，为了不使镜头中动态的人物虚影，采用了较合适的快门速度（1/50秒）；对准冰雕最明亮处测光，获得曝光数值后又增加了两级曝光量，使得整个城堡群看上去更明亮，以强化冰灯的通透效果。

在这云集了世界各地著名建筑的冰邦雪国之中，寒冷已不复存在。你会为她着魔，继而会快乐到发癫！一如晨兄和阿峰两位，兴奋得扒光了上衣，露出“蒜泥白肉”留影存念，大拍特拍，以至招来姿容曼妙的东北大妮子合影捧场。

真个是：爽到极处，怎一个脱字了得！

这哥儿俩，在冰天雪地、流光溢彩中一脱成名，并把“脱风”带到了后来的“酷旅”。

我怕冻出个好歹，始终未敢一试身手。现在想来，有点儿后悔啦。

叁

一个人和一棵树

弱光下的静态拍摄

▲ 神树晨曦

虽然我经历过不少所谓“神鬼”传奇，但我并不迷信。不过，在第一天度过林场之夜后的那个黎明前最黑暗、最寒冷的时刻，我确实是被一声声莫名的、仿佛是来自另一个世界的呼唤惊醒了。

这让我想起一个人，想起我来到伊春的另外一件重要事情。我穿起衣服，扛着设备摸出房间。此刻，同住的朋友们还在梦乡，东方云雾迷蒙的山线上，刚刚透出一缕晨曦。

所谓“库尔滨之旅——库旅——酷旅”，真格的是从铁力这座小城开始的，而哈尔滨的冰雕雪刻，不过是这次“冰雪之旅”的前戏。

走进这座宁静得出奇的小城，就来到了被称为“绿色大氧吧”的小兴安岭脚下，来到了因鸟巢与其联手互动而让北京人眼巴巴向往的伊春。自然，那些后来与我结下莫逆之交并被我称为“诗匪”的朋友们，也是从这里开始浮出“雪”面的。

晨兄即我们后来的“参谋长”，开着车抵达铁力的街口，两位年轻的东北汉子，早在瑟瑟的寒风中迎着呢。

这两位仁兄如果拿出来单个说，多多少少也是有点儿特别；但要把哥俩放在一块儿，那可就更有看头了。

一个是“国”字形大方脸，一脸横肉架在粗壮的脖子上，身材魁梧，粗手大脚，走起路来“咚咚”作响，有拉风扯火之势，让人一眼看去就想起座山雕手下的“八大金刚”。这就是我前文提到的傅兄，后来把持了“酷旅”的“政委”宝座。关于他硕大的“匪的躯体”里，如何隐藏着雪花般绵密纤细的情愫，我在之后的文章中将让各位朋友见识。

另一个是尖长的瓜子脸，一头敢和武当山道士比美的长发，更衬托出下颏尖锐，有如狼毫毛笔的笔锋。身量瘦而高，腿细细的，半长的羽绒服穿着直逛荡，感觉是俩麻秆儿挑着一床棉被单子。真不知这粗犷的黑土地上，如何种出这么一枝“婀娜的庄稼”！此人便是我曾提到的书法家范大师。他总是“㖞悄儿”地踩着猫步，怕惊着谁，冷不丁一句敲边鼓，能把你乐到两条肋叉骨兀自冒烟儿。后来他当上了“酷旅”的“宣传部长”，愈发飘飘然成仙得道一般。

至于“酷旅旅长”并最终沦落为“裤头”的仁兄，以及诸位当官带长的弟兄们，因篇幅所限，就不一一描述了。总之写出来够你看半拉月！

不过，我在林区的第一个凌晨，被魂灵一般的呼唤惊醒并想起的那个人，并不是让我喜欢的这一群中的任何一位。而是一个已经逝去的林业工人，一个入选“感动中国 100 人”的普通的劳动者。

他叫马永顺。我们所在的这个林场，就是以他的名字命名的。

▲摄于马永顺纪念馆

晨兄约我来伊春，不单单是请我来踏雪，也不仅仅是让我结识一批当地的文人墨客，而是想让我深入了解一个人。这就是从“伐木能手”到“育林先锋”的马永顺。

对于这个从 20 世纪 50 年代开始就被人们所颂扬的劳动模范，我并不生疏。记得当年我在工会报刊工作，还曾报道过他“一人完成 6 个人伐木量”的事迹。但他真正让许多中国人、外国人感动的，是后来发生的事。眼看着小兴安岭被乱砍滥伐，一层层“剃光了头”，马永顺觉醒了。他说：“可不能吃祖宗的饭，造子孙的孽呀。我觉得我多伐木既是贡献，也是欠下了大山的一笔债！我一生砍倒了 36500 多棵树，这笔账，我要还上！”

从 20 世纪 60 年代开始，马永顺上山种树，90 年代开始带领全家老少一起上阵。到他 2000 年去世前，他实现了自己对小兴安岭的承诺，和家人一起植树超过了 50000 株。

一个在伪满统治时期来闯关东的宝坻汉子，一个解放后从“伐木能手”到“育林先锋”的林场工人，用他的一生诠释了中国人生态环境意识的觉醒之路和社会的进步。他的行为，感动了中国，也感动了世界。1988 年 6 月，马永顺获得了联合国颁发的全球环保 500 佳荣誉称号。

晨兄作为伊绥高速路的建设者，一直积极宣传不仅要修建一条富民路，更要修建一条“环保路、绿色路”。而这样一条穿越铁力马永顺林场的路，更让他与“马永顺精神”产生了共鸣。他请我来实地考察，希望采取某种艺术形式，让“马永顺精神”广为传播，发扬光大。

▼ 寒雾霜枝

我不知道我有没有这个能力，但我已被自称“小马”的这位过世的老人家，实实在在地感动了。

尤其是我脑海中蒸腾着马永顺的故事，并在那样一个寒雾浸骨的清晨，循着莫名的呼唤走到雪野中的时候，面对着那样一个让我惊骇而又震撼的场景，我对马永顺，对生态保护，有了彻入骨髓的理解和认知。

在那样一个雪野的微茫和天光的迷离交织成混沌一片的林场之晨，我被眼前的空旷和空旷之中的那仅有的一棵老山榆惊呆了！

昨夜，我是从酒桌上迷迷瞪瞪进入马永顺林场这处驻地的，漆黑的夜和醉人的酒力，让我看不清四外景致。在我的期望中，我想象着我的周围，应该是林木森森，枝条擎天。然而，此刻的现实是，在我的脚力所可能抵达的一片广阔的范围里，却坦坦荡荡，空空如也。皑皑的白雪铺陈开来，给人一种漫无边际的骇然。只有目尽处的山峦之上，依稀有树林的影子，告诉你这是在中国最著名的林区。而俯身向远方送目，在一两尺厚的积雪之下，仿佛可辨别出砍伐后遗留的树墩，一丛丛地呈现出波浪状的起伏，让人生出难以言说的惆怅。

摄影一点通：黎明、夜晚等弱光下拍摄，三脚架、快门线是必备器材，而高感光度设定和反光镜预升，则是必须的操作。以上器材和操作，保证了我们在使用慢门拍摄时机身的稳定和成像的清晰，使我们在黑暗中也能呈现肉眼看不清的事物，并获得满意的光感。这张感光度设定为ISO2000，使用反光镜预升拍摄，快门速度为0.3秒。

在这干净得不能再干净的雪野之上，那棵唯一的老山榆，那枝杈峥嵘而又呼啸着悲凉独孤的老山榆，便格外地打眼撞心，让你不能不瞩目并惊诧于它的存在。

在那个寒冷得伸不出手的凌晨，目光越过平展展的雪野，我呆呆地凝视着它，仅仅是感觉到了这棵老山榆的奇异，却不知为了什么。我支起三角架，反反复复拍了它几十张照片。由于积雪太深，天上的雪还在扑打下来，我不能走到它近前去，只能透过我那只勉强够用的200长焦镜头，远远地看着它，拍着它——从曙光初透，一直到天色放亮。

那是我此行真的被冻僵的一次，但却不知道为什么不忍离它而去。

后来在赶往库尔滨和大青山的旅途中，我和晨兄谈起马永顺，谈起那棵树。而他讲给我的故事，让我有种灵异感，下意识地直挠头皮。

原来，那棵老山榆，是一棵神树，被当地的山民尊为“圣母”。也正是由于这个原因，它才被孤零零地保存下来。据说，这里原本是一个树木环抱的小屯子，但有人要在这儿搞开发，所有的树木都连砍带伐铲平了，只有这棵老山榆，老百姓说啥也不让动。

▼砍净铲平的台地

这棵树，从画面上看并不十分粗壮，但要走到近前，却是两个人也抱不拢。它的树龄约摸有二三百年，树下有洞，当地传说曾栖有白狐或有黑熊出没。早年间，在树下有一老人独居，与乡邻素不往来，众人不知其来自何时何地何方，也不知他逝时享年多少。而这棵阅尽沧桑的老山榆，竟在某一天突然有了灵性，百姓到树下祈子求福，荫蔽后代，异常灵验。老山榆，因“迷信”而得以留存。

晨兄的讲述，让我默然。

后来，我反复阅览那几十张我拍摄的老山榆的照片，尤其是注意到其中的几张，竟有大鸟栖息于树巅。但奇怪的是，在当时的拍摄现场，这棵被我一直着了魔似的盯着的老树周围，并没有任何鸟儿飞来或飞去。

这些老山榆的照片，在艺术上也许没有任何长处可言，但却让我特别珍惜。看着它们，我想到了马永顺，想到那天凌晨让我惊起的莫名的呼唤，想到让我惊骇的空旷的雪野，想到在晨曦、寒雾和刺骨的冷风中那孤独的一株。当然，还有关于神树的传说和那只来去无踪的鸟……

让我变成一捧泥土吧，让我的那些“匪兄匪弟”们都变成泥土吧，去偎依在那棵老山榆的根下，去陪伴它的孤独，它的顽强，它的悲怆和它的神奇！

后来，由身在铁力的傅兄、范大师等朋友发起，在网上建立了“酷旅群”，主旨就是两个让人耳熟能详的字——环保。

▼ 冷暖相知

肆

走进库尔滨

顺光与逆光时的曝光方法

出红星林场场部，北行八十多公里，就是我们此行的既定目的地——库尔滨。

这一路段，全部是狭窄的山林路，铺满了冰雪，必须降低车速小心行驶，再加上不时停车拍摄，所以我们抵达库尔滨客栈时，已是日头西下，星斗满天。

库尔滨是鄂伦春语，意为“渔场”，可见曾是烟波浩渺、水产丰富之所。如今，这里依堰塞湖之势修起水库、发电厂。电厂在冬季里排出高于零度以上的工业用水，这股“热流”下泄到库尔滨河谷，热气上升，在沿河的林木上遇冷迅速凝结，形成举世闻名的“冰河树挂”。库尔滨的雾凇，即由此而来。

行前我曾上网浏览，库尔滨的冬景可谓铺天盖地，看着心里痒痒的。赶到我身临其境才知道，那些已广为流传的美图，真的是算不上什么。当你走进库尔滨，和她融为一体的时候才能明白，原来镜头比起大自然的神奇来，永远只有俯首称臣的份儿——当然，这也包括我的镜头在内。

摄影一点通：这是在顺光的阴影里拍摄的照片，灌木枝头的阳光和远处明亮的树木，与阴影里的灌木形成明暗对比，见出光影趣味并实现了照片主题。如果没有白雪映衬，明暗反差将会更大，在这种情况下拍摄，如果灌木曝光准确，则远树可能过曝；如果远树曝光准确，则灌木可能曝光不足。解决的办法有两种，一是以远树最亮部为测光点，获得曝光数值后增加一、两级曝光；二是以灌木最暗部为测光点，获得曝光数值后减少一、两级曝光。如此拍出的照片，可保证明暗两宜，亮部不会明显过曝，暗部也不会明显欠曝。

可是在进入河谷的前夜，库尔滨却一直让我忐忑不安，像是坐着没底儿的轿。因为这一路之上，粗门儿大嗓的傅兄变成了碎嘴的婆婆，没完没了地念叨：“千万别刮风啊，一刮风，就啥都不是啦……”

我曾在吉林看过雾凇，常识还是有一些的。如果有风吹动，很快会使蒸腾的水雾飘散，也就不会有树挂出现，或者是出现得不那么完美。而在库尔滨河谷，据说刮个三四级的风并不是什么新鲜事。因此，傅兄那双大嘴片子关于“风”的不停呢喃，让我的神经一阵阵绷紧，心里十五个吊桶打水七上八下。

如大家已知的，这帮被我称为“诗匪同道”的家伙，大都在伊春码头上如履平地，但真正熟知库尔滨的人，则非傅兄莫属。他乃省内知名的青年作家和社会活动家，不仅文采飞扬，文字感觉极佳，而且对摄影、书画、收藏等艺术门类，也广有涉猎。他还是个彻头彻尾的环保主义者，为保护小兴安岭红松林奔走呼号并最终被政府采纳，成为名副其实的“森林使者”。

这个五大三粗的家伙，如我在上文所说的那样，竟然有着雪花般绵密的情感和文趣，尤其是描写库尔滨的作品，成为伊春“山林派”的扛鼎之作。他曾有诗言：

四面青山眷石海，
一轮晓月恋山溪，
寒江雪柳梨花绽，
霜河水暖入梦来。

甚至他的博客，也被冠以“库尔滨部落”，足见他对库尔滨的热爱和熟稔。

▲ 日照冰河

摄影一点通：这是一张典型的逆光照片，表现冬日朝阳下河面蒸腾的雾气和婆娑的树影。逆光拍摄，把相机的测光模式调整到“中央重点平均测光”模式比较适宜，以此取得的曝光值，拍出的照片可保证逆光的光感和逆光体暗部细节的呈现，不至使逆光体漆黑一团或失去逆光的光影效果。拍摄逆光的另一办法是，先在取景框中最亮处测光，再在最暗处测光，然后以两者的中间值设定相机的曝光参数进行拍摄。

所以，他对库尔滨“风”的担心，在我看来是“权威解读”，因此把我弄得也是神经兮兮的，一晚上都不踏实。

库尔滨是个只宜摄影不宜游玩的地方，因为这里的旅游设施，基本上等于零。

据说，在库尔滨一带，适合过夜居住的，除了屯子里老乡家，就只有这一处被称为“摄影人之家”的库尔滨客栈了。而所谓客栈，陈设、设施之简，已经简到了无以可简的地步。仅举如厕这码子简单的事，即可知条件之艰苦。我欲上厕“做大”，店家用嘴一努：“出门右转抹过墙角往里去摸黑走当心别掉坑儿里啊！”可怜我一个五十多岁半大老头子，在零下三四十度严寒中，仅凭手机照亮，摸到悬高两米的木条厕坑之上，哆哆嗦嗦宽衣解带，露出一腚“雪花白”，一任寒风飕飕，冻透里外！

▼ 黎明时分的库尔滨客栈

回到北京我就病了，小腹和两肋时有荡气回肠的绞痛，怀疑就是在库尔滨如厕着了风！

虽说设施简陋而且邋遢，但店家的热情却如五月春风，透着山里人的实在。举一例说他如何热情实在的。我们人还在路上，店家早早就把火炕烧上了。下了车，直接盘腿上炕，那叫一个舒坦！旅座伟哥，参谋长晨兄，两人依着被摞斗嘴，大谈林彪等人在东北的功与过，争得不可开交。而在一旁插不上嘴的女企业家小杰，横在火道最暖和的一头儿假寐，舒服得直巴咋嘴。我听着两位“首长”话头太大，便摸黑出去拍摄星空。可就这么一会儿的工夫，小杰尖叫起来：“着了！着了！”众人拥到屋里一看，满屋子浓烟滚滚，伟哥正端着半盆冰水，往火星四溅的被褥上浇呢。原来，店家怕我们冻着，把炕烧得格外热，竟把被褥引着了火！

这场灭火行动，弄得炕上炕下十分狼狈，店家却毫无怨言，还一个劲儿地自责。我说：“少使点儿火吧，点着房子可麻烦啦！”店家“嘿嘿”憨笑着回道：“不烧热点儿咋行啊，你们身子骨金贵……”结果继续猛烧，直到第二次把炕上的褥子烧到冒出烟火才罢手。

我们在客栈这一宿，热到炕上两次着火，你说山里人待客，实诚不实诚？哥儿几个一边灭火还一边打趣：一日两把火，咱“库旅”肯定能火啦！只是可怜那店家一炕好被褥，被两把火烧出好几个大窟窿！

趁着火势，灶间里闹嚷嚷地开席了。这是我们此行中喝得最畅快的一场酒，而且是个个喝到了好处——晕头晕脑的，却没有一个醉倒的。

酒到酣时，撤去杯盏，餐桌权作书案，书法家范大师、画家张小弟等，施展手段即席创作。小杰眼里有活儿，轻舒玉臂展纸磨砚，大有“红袖添香”之趣，惹得众人笑作一团。

马架子屋里还没热闹完，门外雪地里又是爆响一片，傅兄带领几个土匪，在客栈的空地上放起了烟花。本来我们还准备了大家伙的——一把在铁路遇到紧急情况时报警的火炬，据说点燃后能照红方圆一二里地。傅兄曾对我显摆：“红光照雪野，你就出大片吧！”后来考虑到安全、环保等诸方面问题，这支火炬始终没点燃，又原封不动带回了铁力。

他们这一晚闹得昏天黑地，可我心眼儿里却暗自打着小算盘——不知道明天的库尔滨河谷，有没有风啊？即使是上厕所悬空打哆嗦的时候，我也没忘了嘀咕这码事儿。

第二天凌晨，我们在黑黢黢的寒冷中摸向库尔滨河谷。

库尔滨，美丽幽雅的库尔滨，冰清玉洁的库尔滨，不仅没有一丝风，还呈给我们一个晴朗、明媚的难得好天气。

▲ 碧水银枝

那是一种让人返璞归真、忘乎所以的美！当然，各位土匪在拍摄之余，依然是情到极处，一脱了之，在蓝天白雪、冰河树挂之间，上演了一场半裸真人秀。

可惜由于天气太冷，我那台日本相机显出原形，几次被冻住不能工作。尤其是电池遇冷之后，电量迅速下降，不能驱动快门。我只好把电池取出贴身夹在腋下，老母鸡孵蛋一般伺候它，结果错过了不少极佳的拍摄光线。尤其是初升的太阳把河谷的树挂染红的那一刻，历时也就五六分钟，偏偏此时那该死的相机又不动了，把我急得满脑瓜子冒汗！

▲崖下雾凇

摄影一点通：这张照片拍摄，冒了一定风险，是用绳索从崖顶吊到崖壁半截处，抱定一棵树干拍摄的。在这个位置拍摄，距离雾凇更近，视角也从完全的俯视变成了小倾角的半俯视，使画面和光影更为独特、生动。从这个意义上说，好的视角就是“别人不能的机位而我能”。当然，还是安全第一。

后来又赶到河谷下游，冒着生命危险吊在一处悬崖上，两脚蹬着树根、石缝，半躺在挂满冰雪的崖壁上拍摄，而身下就是几丈深的河谷。不管我拍的咋样，那种“悸动的爽”，已让我觉得死也值了！

此后去了离库尔滨河谷不远的“石海”。据说这片石海生成于一亿年前的玄武岩喷发。积雪随乱石的形状勾勒出美妙的线条，给人无限遐想。

这一场狂拍，从天色蒙蒙亮直到日头过午，我居然在寒冷中玩儿出儿身透汗。

也就是在我们要收工的时候，傅兄一直念念叨叨的小北风，真的来了。风不大，约莫四级，但却尖得像针，穿透了我的羽绒服，一身热汗立时变成贴身的冰甲，让我想起头晚如厕时的光景。

但我却没有任何怨言。一边收拾设备一边感慨：库尔滨的风，真是善解人意啊。

▲石海雪色

后来，我读了傅兄关于库尔滨的文字，始知我这个“靠文字吃饭的摄影爱好者”，跟他拼文字算是没戏了！

我把这个“硕大的”匪的吟唱，选一节帮我“柴”上添花。一来可以为我的文图大壮声色，二来也让各位见识一下，我对这帮匪的夸赞，绝非是没边儿没影儿的事。

当然了，最主要的是，看了傅兄的文字，我真的不敢再为库尔滨把笔弄言了。正是：惹不起咱还躲不起？小样儿吧！

下面是傅力一篇文字的节选，标题为我冒昧所加：

寻“心”库尔滨

微雪的清晨，驾驶爱车，带着相机，独自去库尔滨河畔捕捉自然之光。

路上行人稀少，车辆来去，仿佛无声电影的画面。也好，我正想聆听大自然的心音，我不想惊动大地的酣眠。

当车驶入库尔滨河畔，但见好雪朵朵，掩映青葱；雪花片片，笼盖净水。干干瘦瘦的枯树呆板地站着，威严而沉默，昂首向天仿佛欲说还休；细细条条的枝桠剪切着流动的空气，弱小而不安，好像在命运的一隅唱着悲歌。而那空中正飞扬的点点残雪，却是这样的安谧自然。我当然是为拍雪景而来的。雪，一捧捧，一撮撮，一线线，在近处，在远方，害羞似的微微露出她润泽的肌肤。这样的“美艳之至”！这样的丰姿绰约！“咔擦”“咔擦”“咔擦”，我迅疾地将这薄薄的雪景抢入镜头，生怕她们转瞬即逝。是的，她们是人间的稀客，一年一度，偶然探访，然后飘然而去，我能不殷殷款待？我喜悦地把她们装进我的相机里，似乎只要把她们藏进相机，她们就归我所有了。

一路走，一路拍。自由地走，胡乱地拍。没有主题，没有旋律。姑

▼银妆素裹

且称它为变奏曲吧？淡淡的快乐漫涌心头，如片片雪花钻入怀中。我纳她入怀，便是对她深深的感念。

不曾低头，一直昂首。远山隐隐一带白色，大地辽远而开阔；山庄静卧，树影团团。田野沉酣，做着香梦。河边的芦苇已被人收割，不见了那风吹动时起伏的韵律。记起数年前也曾与人小坐在一条无名河畔的岸边，低低细语，诉说情怀，聊着有梦的话题。那时岸边茂密的芦苇涌动如浪，一波一波，如心潮翻滚，亦如曾经脸上的笑纹微微漾开。啊！当时谈的是那样的舒畅。而现在，我一人独步，也同样给了我怀想的乐趣。

扑扑啦啦的，几只鸟儿拍翅飞腾，立刻，静止的画面活跃了起来。细听，鸟儿在叫，在唱……“啾啾啾”“啾啾啾”。啊！这几个小东西，它们是在和谁说话呢？它们在唱什么呢？我举起相机，想把它揽入我的记忆里，谁知它们很机灵，倏忽掠过我的视线，径自往高空去了。嗬！这些自在的精灵！这些欢乐的天使！此时此刻从心底涌起了《我爱你塞北的雪》的旋律……

站在空旷的河滩上，我注目苍穹。哦，自然之神！原来，“万物皆备于我”是这样的容易！那“羽化登仙”的感觉也并非一定要在月夜划舟才得到啊！看来，只要你愿意，你随时便可以“安心”了。独坐小屋，你可以激扬文字，横行天下，你可以畅游书海，尽情吸纳；独步野外，你可以指点江山，视通万里，你可以驰骋原野，思接千载。你，是世界的主人，你，拥有你的世界！

有位作家说：人要有三心：自由心，柔软心，感恩心。我想：在伊春这片洁净的天地，在这片自由的天空，在这片我所仰望的精神世界里，我找到了这“三心”！

伍

伊吉密河边

镜头中的线条处理

伊春是个溪泉密布的地方。你钻进林子里，几乎到处都可以听到潺潺的流水声。

有水，山野一下子就有了灵性，有了生命的活力。因此伊春的森林植被，才是如此的茂盛。

伊春最大、最美的河流，当属被那里的人们称为母亲河的汤旺河。

▼汤旺河一瞥

不过，我这次的“花心之旅”，依然是时间紧迫，而伊春好玩的地方又太多，所以，只是在沿途远远地瞭了几眼汤旺河的芳容，未能深入其间寻幽探秘。

从汤旺河数下来，另一条很有名气的河流，就要算伊吉密河了。据当地人介绍，这条河，弯多水急，流势凶猛，特别适合漂流观光。不过，今年东北的春天来得晚，五月底的水温，依然凉得扎骨头，漂流的营生尚未开始。所以，顺水行舟看春色，这次是玩儿不成了。

但此行我对伊吉密河，仍然印象深刻。这有三个原因：一是这条湍急的河水，流经马永顺生前种植的树林，让我对她自然而然地心生亲近感；二是我在山林里的第一顿大餐，就安排在了伊吉密河畔，使我有机会亲近那座老桥和桥下的黄昏落日；三是在这条河边，不知从哪里窜出一条两米长的大蛇，与众匪嬉戏半晌不去，让人生出意想不到的快乐。

因为以上三条，在我的心目中，伊吉密的风头，竟盖过了头牌汤旺河。

早年间，伊春是个“动物凶猛”的地方，即使出恭如厕屁大个工夫，都保不准撞上黑瞎子、野猪、狍子等大动物，吓你一个激灵。如今，这些四脚的生灵，依然有迹可循，不过要想打个照面，却不那么容易了。但其他一些小型动物，还是会时常与人不期而遇。蛇，便是其中之一。

去参观马永顺林的时候，我想往林子深处钻，弟兄们提醒我说：“找根树枝打着路走，当心毒蛇啊！”我心说哪有蛇啊？可一抬头，树洞里盘着一条大家伙，正两眼灼灼地照我呢！

如朋友们所知的，我从不食野生动物，另外还有点儿“迷信”，特别是对蛇、龟、鹰、刺猬、黄鼠狼等等被坊间神化的生灵，更存有爱怜甚至敬畏之心。比如我在北京乡间的家，那一方被我称为“竹园”的小院里，就不知在何时钻进来两条草蛇、一只刺猬，盘桓不去住了下来，和我友好相处了数年，并成了我家狗儿拖拖的玩伴。最终，那只足球大小的刺猬自掘坟墓，老死于我家的柿子树下；而那两条绿黄相间的蛇儿，加上我放养的一头“鹦鹉龟”，如今爬上爬下的，依然欢实得很。

因此，在伊吉密河边，当那条大蛇倏然出现的时候，让我又惊又喜，还伴着疼爱。我甚至这样“迷信”起来——这条蛇儿，该不是我在马永顺林的树洞里见过的那一条吧？是不是它看我们友善，尾随我们而来了？

▲ 那条会笑的蛇

我们“酷旅”的一位仁兄，家就安在伊吉密河边，一大大院套，依山面水，花围树绕，简直是神仙府邸。我说如果再闹革命，打土豪分田地，我先把临水的这几间占了再说！

这位仁兄，因地利之便，开着伊吉密漂流的营生，灶间厨具都是现成的，因此晨兄一直跟我嚷嚷的“土匪鸡”宴，就设在了这里。

开宴之前，我们先和那条大蛇戏耍了一两个时辰。众匪中有懂眼的说：“这家伙，可是条毒蛇啊，猛的呢！”但说来奇怪，被我们围住的时候，它竟温柔得像一条丝带，始终没有竖起蛇头露出攻击的凶相，反倒是俯首帖耳，温情脉脉，一任我们拿着根木棍挑上挑下，左右摆布。

最后，把它挑到河边的一块大石头上，它竟还咧着嘴儿笑呐！诸位匪哥匪妹，胆子终于大起来，逐个贴到它近前合影留念。直到有些玩儿烦了，灶间里也传来一声声催宴的呼唤，这条蛇才“嗖”地窜进伊吉密冰凉的水流中，眨眼不见了踪影。

我不知道假如不是遇上我们这帮标榜环保的土匪，这条大蛇还会不会现身；也不知道这条凶猛的毒蛇在遇到比它更凶猛的人的时候，会是怎样一个结果。我曾在酒店里看到过泡在酒器里的蛇，服务的靓妹嗲嗲

▼老桥暮色

地向我推荐："先生，这可是野生毒蛇泡的酒耶，很滋补的哟！"这让我恶心并自感罪孽深重，因此从来未敢一试。

说起这些，你也许就会明白，为什么伊吉密河边的这条毒蛇，会对我们咧着嘴笑了。

由晨兄亲自主厨的"土匪鸡"，味道之香美自不待言。但让我更为感动的是屋内墙壁上的装饰画。傅兄曾卖关子说："戴老，我们要给你个惊喜。"谜底在伊吉密河边揭开了。原来，他和书法家范大师等诸兄弟，放大了我在今年冬天"库尔滨之旅"拍摄的照片，从上到下贴满了墙壁。为了让我看着高兴，他们忙活了一宿，赶在我到来之前贴上了墙。

摄影一点通：如何把这座老桥拍得灵动而富于张力？关键是把握好现场事物的轮廓线条，并把它们巧妙地整合起来。这张照片中有这样几条线：桥体上部横直线，桥体下部拱线，山体的轮廓线，水岸直线，河水明暗分界线等。发现并把握这些线条，处理好它们在画面中的位置和关系，美便呼之欲出。所谓"处理"，在实际拍摄中往往是通过机位是高一点还是低一点、是左一点还是右一点等等来实现的。比如该照片中山体的轮廓线条，如果我的机位再高一点，就会被桥体完全遮挡而在画面中消失。如果这样处理，桥的灵动、飞架之势，也将大打折扣。

是了，这就是粗犷的东北人绵密的情感。那种藏在心底里的温慰，让我想起了那丝带般的柔软和沁到我灵魂里去的笑容。

伴着伊吉密的水声和漫天的晚霞，我喝高了，浑身软软的，仿佛那条会笑的蛇。

陆

石海探花

景深的三个要素

▼ 俏上枝头

到伊春看花，是今年冬天我赴“库尔滨之旅”时，就和匪兄匪弟们约好的。因此才有了这次“花之约，心之旅”。

但遗憾的是，我赶到伊春的时候，最盛的花期已过，那遍山的烂漫，在三两天前，已开始凋敝。

这怨不得我，更不能责备土匪们不上心，全怪今年的气候“逗你玩”！新入伙的某女士所言最有代表性：“该暖了不暖，昨晚上还冻得穿棉袄呢，一宿却又热起来，眼瞅着花瓣子砰砰地开，树芽子吱吱地冒，急得不行不行的了！”

▼ 花光树影

于是乎，今年伊春的花期，短得邪乎，花还没有全开，突然天一热，又败了。

气候的异常，不仅在东北，全球的气象和地质运动都有点儿乱套。北半球有“大西洋涛动”，南半球有“厄尔尼诺现象”。时不时的这里震一下子，那里喷一家伙，弄得全球的老百姓心惊肉跳，惊呼真的要2012了！

我想，全球的异常咱管不了，但花期匆促的事，可是有点儿要命的。土匪们曾向我描述的春天里铺天盖地的姹紫嫣红，今年我算是看不上了。

五月中旬的时候，我曾给土匪们打电话，回说：“今年冷，花还没影儿呢。”过了没几天，突然来电话说：“快来吧，花一下子都开了。再不来，可就老啦！”

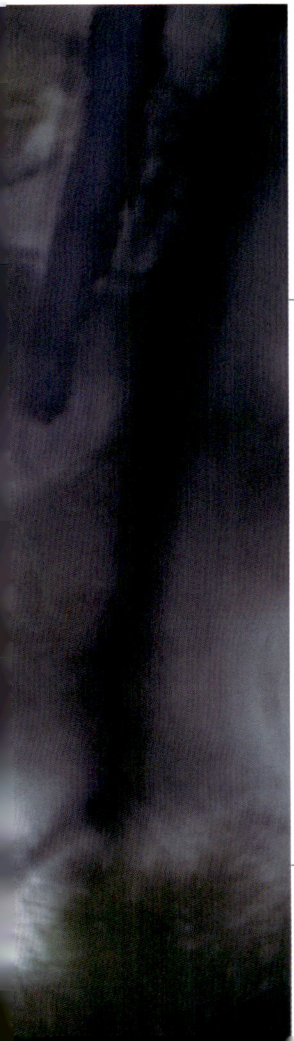

我赶紧屁滚尿流地上路，谁知，依然是起大早赶了个晚集。因此，您所看到的照片，并不是伊春花朵最可人的美丽。

伊春的花，被当地人称为“达子香”。我怀疑是由“鞑子香”转化而来。“鞑子”有辱我国北方少数民族，所以这一字语的转化，是很有必要的。

摄影一点通：手动曝光，光圈f2.8，快门1/500秒，焦距200mm。这张逆光照片采用大光圈、长焦距，抵近主体（焦点）拍摄，造成小景深效果，使得背景、前景的花枝树叶，依据离主体（焦点）距离的远近而产生不同程度的虚化，突出了光影迷离、枝叶扶疏的韵味。景深主要和光圈、焦距、物距三者有关。光圈越大，焦距越长，相机离主体越近，景深就越小；反之，光圈越小，焦距越短，相机离主体越远，则景深越大。当然，无论是大景深还是小景深，离焦点愈远的事物，在照片中也就愈加虚化朦胧。

达子香实际是一种杜鹃花，在我国其他地方，又被称为“山丹丹”“映山红”“金达莱”等等，被尊为中国十大名花之一。

我国是世界杜鹃的中心，拥有总数900多种中的530多种，分布地域广泛，几乎随处可见。我在西藏、贵州、云南、江西、陕西、吉林等地，都曾一睹它的芳容。杜鹃花还被驯化盆栽，成为人们喜爱的最常见的家庭花卉。我家的阳台上，如今还存活着四盆，多给水多见光，花骨朵儿就突突地往外冒。

自古以来，文人墨客对杜鹃花的颂唱，确立了它在中华文化圈中的地位。比如，白居易就曾诗言：“闲折二枝持在手，细看不似人间有，花中此物是西施，鞭蓉芍药皆嫫母。”竟把杜鹃当作了花魁。

不过，我对杜鹃花的喜爱，并非因它花型花貌娇艳美丽，而是因为它特别能吃苦耐劳。无论是放在多么恶劣的环境条件下，它都能顽强地存活、热烈地开放，展现出我行我素、韧忍不屈、舍我其谁的气节。

花品如人，可资效法。

伊春的杜鹃即达子香，如今已做成了一个旅游产品，办起了“兴安杜鹃花文化节”，使这个被称为“中国林都”“红松故乡”“恐龙家园”的地方，如今又多了“杜鹃花海”的美誉。

▼ 石海春暮

在伊春看达子香，位于红星林场的石海，是最好的去处。

石海在大平台的中心地带，离库尔滨河谷不远。所谓大平台，实际是连接大、小兴安岭的一片台地，间有山峦、森林、河流、湿地，是个风光旖旎的好地方。我曾在冬天里拍摄的雾凇树挂、石海雪野，都出自大平台上。有兴趣的朋友，可以对比欣赏冬、春两季风光的异趣。

春天里的石海，和冬季里看上去完全不同，尤其是有了达子香的装点，和石的峥嵘、松的苍劲、桦的娉婷交织在一起，给人非常奇妙的感受。

大平台上的红星石海，是一座完全开放的国家级火山岩地质公园，由一亿年前火山喷发出的玄武岩碎石形成，占地两万多公顷，四外被森林、湿地所围绕。沿着石海走势，形成了绵延十数公里的花带，这里一团那里一簇的达子香，能把你醉翻在地。

可惜我来晚了，花朵已不那么兴奋，色泽和体态也变成了“半老徐娘”，让我知道了气候变化对大自然的影响，可真是了不得。

但无论如何，临风怒放的达子香，并没有完全谢幕，续写着依稀的坚韧顽强和热烈率真，让人感慨它不屈不挠的品格。当地朋友说：你就晚来了一两天啊。我也为此而懊悔不已。心想，早两天的镜头，应该会更动人吧？

现在去大平台，依然未出森林防火季，火种是绝对不可以带上去的。在大平台地区，曾发生过山火，如今在石海景区一些地方，还可以看到当时大火肆虐的痕迹。据介绍，当时伊春干部群众，在石海边缘筑起人墙，执行守住石海、扑灭山火的死命令，这才让我们有了“石海探花”的机会。这些事迹，让我对石海的达子香，更多了几分热爱与珍惜。

柒

树问

让照片提出问题

▼ 库尔滨水库

这是一组在库尔滨水库拍摄的照片。我这次的“花心之旅”行程中，本来是没有安排这个节目的，能拍到水库风光，完全是因为匪兄匪弟们亚赛雷霆一般的呼噜！

感谢弟兄们睡觉的动静，如果不是他们的鼾声让我几乎一夜未眠，我也不会在凌晨3点一个人游荡到山野里，并最终融入了库尔滨的怀抱。

读过我“酷旅行”的朋友应该知道，目前大平台上的库尔滨，还是个“只宜摄影不宜旅游”的地方。主要原因是，景点周边设施简陋，食宿困难，生活条件很差，比较讲究的朋友，恐怕是受不了的。

我们这次在大平台上，是经人疏通关系才住进了一家内部招待所。这阵子，上来的游客不少，床位紧张，所以我们是六七个人挤在了一个房间的大通铺上，睡下时脑袋挨着脑袋，好像密封在罐头里的沙丁鱼。

如果是死鱼，倒也没啥。偏偏哥儿几个都是活物，睡过去还都不老实。鼾声之巨，不要说把我震得肝胆欲裂，就是隔着好几个房间睡觉的女匪们，也被那此起彼伏的呼噜声，震得一佛出世、二佛升天！

迷迷瞪瞪挨过几个时辰，我实在是受不了了，睁眼一看，窗户外已透出曙色。因为没脱衣服，也没条件洗漱，所以一切程序全免。我下炕抓起相机就往屋外走。这一宿，脑袋都被吵大了，晕晕乎乎的，出门时，竟忘了带上三脚架，挡风的外罩也没穿。

出门一看手表，才凌晨3点，但透过树林和山峦，天空已然蒸腾起日出前奇异的殷红。

春夏间的东北，太阳特别勤快，日出比中原要早两三个小时。

我被那曙色所蛊惑，在林间追着它拍摄，忘记了时间，也忘记了寒冷。不知走了多远，眼前突然出现了一片开阔的水面。这才意识到，我竟糊里糊涂地来到了库尔滨河谷上游，眼前就是著名的库尔滨水库了。

一个人站在水库边，看着天色一点点变亮，太阳一点点升高，你会感觉自己是多么的幸运！

我开始感谢躺在大炕上山呼海啸的土匪们了。没有他们的雷霆灌顶，哪会有现在的“一个人的库尔滨”？

然而，我的兴奋和惬意，很快被水库滩涂上的树墩所喝止。

露出地面一两尺高的巨大树墩，这里一截，那里一段，在泥泞的水库周边，间次横亘开去。扭曲的树根挣扎着，可怜巴巴地向四周盘结延展，仿佛遭受灭顶之灾的人，在绝望中伸出的手臂，看着让人触目惊心。

是什么人，什么时候，为了什么，把这些一两抱粗的大树伐倒，留下一片狼籍和生命休止的悲怆？！

顿时，明丽的库尔滨的曙色，因为这些遗骸一般的树墩，变得暗淡无光了。

我伏下身子，细数斧锯截面上的年轮，一圈挨着一圈，数也数不清，仿佛荡漾开来，一波一波放大的哀叹之声。抚摸着树墩上皲裂的疤痕，想象着它曾经有过高耸、巨大的树冠，我有一种心碎的感觉。

身后树林送来的冷风，带着寒雾，丝丝缕缕的，围绕着一棵棵树墩盘旋。转瞬远去，吹过库尔滨水面，荡起一片细碎的涟漪。

水声，如泣如诉。

▼ 树之殇

摄影一点通：关注环保和生态，可以说是当代摄影人的“天职”，一直也是我室外拍摄的重要主题之一。为了让这个被断头的树根更具警示的张力，采用低角度抵近拍摄，使裸露的树根稍稍变形，并适当虚化背景，使主体更为打眼撞心、发人深省。

一个人的库尔滨，让我追逐着曙色和日出的库尔滨，竟成我在中国最著名的林区，哀悼树木之所。

如今，看着照片中干枯的树墩，我想到了屈原；想到了他的《天问》《离骚》《九歌》等不朽的诗篇；想到了古老的端午节，在今天对我们的意义……在屈原的作品中，不仅有澎湃的爱国激情、忧国忧民的愤懑和对宇宙空间的探索与想象，更有对大自然和生命的礼赞，对天人合一、神凡通灵的向往。

汨罗江有知，库尔滨有情，让我们善待生命吧。我们远古的先人都知道，树木山水，皆有情意，难道我们就不能对他们多一些敬重或宽善吗？记住吧，苍天下的万物，都是有灵性的呀！

捌

石林光影

用侧逆光强化光影趣味

▲国家公园兴安石林

冬上到伊春的时候，就听众“匪”们说起兴安石林。但由于大雪封山，未得进入，遂成一块心病。此番春夏之交再到伊春，石林自然是不能放过的了。

话说那天凌晨，我从库尔滨水库边的丛林里摸回驻地，鼾声如雷的

众家兄弟已然苏醒。见我归来，一个个从大炕上雀跃而起，脸不洗、饭没吃，拉上我就朝着汤旺河区呼啸而去。

兴安石林离市区六七公里远，掩映在一片崇山峻岭中。沿途是水色湛蓝的汤旺河，以及一眼望不到边的红松林和杂木林，间有粉润挂红的达子香花丛，真是山野纯净,大气通透,让人神清气爽，活力倍增。

我们赶上了一个阳光明媚的好天气。穿过山门，钻进景区林子里的时候，阳光筛过枝叶，抚弄出一地的光影，给人似幻似真的奇妙感受。这样的光线下，特别适宜生成明丽愉悦、反差强烈的影像，拍出来的照片极富立体感。

摄影作品，妙就妙在通过平面造型，展现三维空间层次。而要达到这样的效果，对光影的感悟和把握能力，是不可或缺的。特别是拍摄山体、岩石、树木、建筑等事物，斜射的硬光比散射的软光更具表现力，更能凸现被摄体的质感和表面的明暗变化，从而产生空间造型美。今天能赶上这么好的上午光线，让我对拍摄石林满怀期待。

呼吸着阳光的气味，肺叶里鼓荡着森林所散发出的负氧离子的馨香，我们踩踏着斑驳的林荫，来到一座劈面而起的巨石下。

▲ 光趣

摄影一点通：这是一张侧逆光照，对比本组其他照片的顺光、侧光照，可见侧逆光下，更适宜强调事物的光影感受。注意画面中明亮的枝叶，只有在逆光中阴暗山体的衬托下，明暗的光趣才跃然而出。为了强化明暗对比，拍摄前对相机的对比度数据进行了调整，在相机给定的数据基础上增加了一级反差。

绿树危岩

伊春的兴安石林，和云南的石林完全不同。从材质上说，它是花岗岩石，有别于云南石林的喀斯特溶岩地貌；从整体形态上说，云南的石林是一座座石峰相连，结成庞大的一片，而兴安石林则是石峰与石峰相隔甚远，互不衔接，孤独地隐藏在莽莽林海间。你若想一探它们的究竟，须在密林里迤逦穿行，如同寻宝一般。

老实说，兴安石林虽然没有云南石林来得大气磅礴，让人震撼，但却能给你一种寻幽探秘、不期而遇的乐趣。

伊春人夸自己的石林说：石在林中，树生石上。确实言简意赅地道出了兴安石林的特质。

据当地朋友介绍，这片藏在山野中的石林，是 20 世纪末我的一位新闻同行偶然发现并率先报道的，并引起有关方面重视，加以保护开发，在近年才对外正式开放。如今，它成为我国的第一座“国家公园”（这称谓有别于“国家地质公园”）。据说，能拿到这个名号，除了兴安石林天生丽质、特色独具，还得益于一位从上面下到伊春挂职锻炼的干部。由他从中斡旋，鼎力推荐，上下疏通，兴安石林才从多名竞争者中脱颖而出，摘得这样一个“第一”。

这说法是否属实，未及考证。但无论如何，兴安石林冠以“国家公园”，在我看来可谓实至名归。从科学的角度我不敢妄加分析，仅就审美而言，兴安石林确有它非比寻常之处。

可惜我拍摄技艺平平，因时间关系和体力不济，许多藏在高山密林中的石峰没有走到。但相信借您的一双慧眼，兴安石林的那种非比寻常之美，还是可以窥得一二的。

玖

当江河遇上大海

对比之美与风的视觉感知

▲日落红海滩

国庆节期间去辽宁的盘锦，你找不到可以住宿的地方。

来自北京、天津、沈阳，还有铁岭等大城市的游客，把小小的盘锦，塞了个满满当当。

据说，给我事先联系好的酒店，也被人截和占了去，以至于不得不

靠当地的政府领导出面，才给我临时“倒”出来一间客房。

游客爆棚，让盘锦人始料不及，更是喜出望外。因此，尽管游客的抱怨不绝于耳，当地一些人依然是乐呵呵的，全当没听见。

让旅游热给当地的经济再加把火，这是盘锦经济发展的需要。所以，纵然有点儿乱营炸窝的意思，那也不是什么太扫兴的事。

有识之士还是比较清醒，敏锐地注意到了旅游基础设施和相关服务等问题。比如给我接风的酒桌上，当地的新闻界、旅游界等头面人物，在交谈中就涉及到了这些话题。结论是，盘锦在旅游开发上，要补的课还不少。

其实这座在 20 世纪 80 年代中叶，才由中央政府批复建市的小地方，突然成为今年北方旅游的一块热土，还是沾了新中国成立 60 周年的光。

本来，盘锦坐拥独特的旅游资源，之所以早年没有火起来，只是因为没赶上好时机。

如果要把辽宁分为辽西、辽东两个部分，盘锦恰好处在这两大区块的接合部。它占据着辽河三角洲的中心地带，堪称镶嵌在江河冲击平原上的一颗明珠。而它南面正对着的，就是波平浪静的渤海辽东湾。这一独特的区位优势，使得盘锦在如今的环渤海经济圈建设中，处于左援右引的关键一环。

造物主对盘锦似乎宠爱有加，还让它产出了两件宝。一个是大米。盘锦有“北国水乡”“东北江南”之称，由于是辽河入海口，水源丰沛，土壤肥沃，加上生长期长，盘锦的大米，一口下去满嘴香！另一个，更是让人眼馋心热，那便是现如今来钱最快的石油了。在盘锦，抽油的“磕头机”随处可见，流淌的可都是真金白银啊！

盘锦，遂有“油水经济”一说。

▲红海油城

摄影一点通：美在于线条。发现线条，特别是在工业题材中，发现设施或建筑的线条，往往能强化造型美和装饰美。这张照片以红海滩做底色，以弯曲的输油管线做前景，以平直的视平线做后景，并注意捕捉“磕头机”参差的姿态，在曲直、远近、虚实、动静、明暗、自然与人工的对比融合中，激发读者的审美和想象力。由于管线铺在红海滩中，离岸边还有一定距离，拍摄时使用了长焦段（120mm），焦点在中间那条管线。为了使后景也能有一定的清晰认知度，使用了该镜头的最小光圈（f22）。

不仅如此，当江河遇上大海，还为盘锦带来了两大奇观，这就是红海滩与芦苇荡。

江河、大海交汇，在盘锦营造出据说是当今世上最大的一块湿地。而秋天里的盘锦湿地，在铺天盖地的棕黄色苇丛中，顺着海岸线与河口，绵延开酒红色的红海滩，那种浩浩荡荡的大气和不加任何修饰的大色块对比，堪称绝世之景，让你感受东北老爷们的豪壮与东北大妮子的热辣！

盘锦湿地的芦苇荡，被当地人称为“苇海”，可见规模之大。我曾为了拍摄，冒险登上苇丛中的一处采油设施平台。悬空四望，只见老绿新黄，连天接地，芦花滚滚，极目皆是。不禁让人感叹“苇海”一说，真是大师级的语汇创造！据说，如果生人贸然深入苇海，一定会迷路走不出来的。

而所谓“红海滩”，是由一种特殊的植物繁衍生成。江河、大海融汇而成的水，即咸即淡，养育出一种叫碱蓬草的植物，这东西沿海滩、河岸成片成片地生长，红得竟如葡萄酒的原浆，看了让人心醉。

随着中国富裕起来，旅游热度日见高涨，已经有了“油水”的盘锦人，又打起了苇海和红海滩的主意。

国庆60周年，民众的爱国热情达到沸点。此时一则消息，把大家的眼球吸引到了小小的盘锦——在自然生成的红海滩上，“生长”出了一面巨大的五星红旗！

这可是旷世珍奇，祥瑞之兆啊。于是，盘锦的红海滩，乘着60年大庆的热浪，一夜之间红遍天下。这也才有了国庆长假期间盘锦市的人满为患。

我的这些记述，并非空穴来风。当地知情者言之凿凿，可以作证。据席间当地资深媒体人披露，在红海滩上“种红旗”的创意，缘自新闻人，时间是在去年。

2008年，盘锦就在红海滩上整出了那面巨大的五星红旗，而且为了招揽游客，在宣传上也是下了功夫的。但由于不是60年大庆这么个好时机，再加上国人的注意力当时全在百年奥运上，所以没能做成气候。而今年，盘锦的天时、地利、人和，都占齐了，用他们自己的话说：这家伙忽悠的，大了！

不过在我看来，无论是红海滩还是苇海，它们的壮美和独特的韵味，怎么“忽悠”都是不过分的。拍摄并欣赏它们，是我人生又一次难忘的经历。

▲苇海晨光

但是，随文您所看到的这些照片，并未反映出盘锦湿地的典型美。除了我的摄影技艺问题，这主要是出于两个原因：第一，我这次赴辽东，时间仓促，赶到碱蓬草繁殖区域时，已是夕阳西下，光照暗淡，只给了我一二十分钟的宜摄时间。第二，著名的风景点我并没有到。理由很简单，那些最好的观滩看苇区域，已经承包给了公司或个人，经营者铁面无私，只认钱不认人，对于来拍摄的记者，甚至对于当地的旅游管理者，都不给任何面子。这让我心里有点儿“膈应”，心说：“小样儿吧，让你得瑟，俺去野滩耍还不行？！”于是乎，大家包括我在内，也就看不到那面名声大振的红旗了。

金风荡漾

摄影一点通：风的激荡、光的流动，只有在逆光下看摇曳生姿的芦苇穗花的时候，感受才更加深切。使用大光圈（f3.2），寻找到合适角度，可以使远处的暗色背景，作为明亮穗花的衬托，并把天空和背景芦苇的穗花高光排除在画面之外，从而使高光区在画面中更为集中、抢眼。每枝穗花在风中晃动的频率、速度是不一样的，为了增强摇曳不定的感受，有意采用了偏慢的快门速度（1/120秒），使得景深范围内的一些摇动较快的穗花，也因快门速度偏慢而虚影，从而强化了风的视觉感知。

关于对记者或管理者要不要给与照顾，或说要不要提供方便，这是个复杂的话题，暂且按下不表。我只是在席间听了当地人关于风景点承包者的一些说法，便已是气不打一处来！

承包人的经营行为、服务行为，是理应接受相关管理部门监督的。但如今在盘锦，监督管理人员要想进入这些被承包的景点，都已有些困难。这像什么话？再说了，红海滩、芦苇荡，本是大自然所赐，是社会财富、全民所有，何以栏杆一围，就成了他家搂钱的耙子？

据说，国庆长假那十来天，承包景点的门票、交通等价格纷纷上涨，收入达到创纪录的日进百万。如此，盘锦的“油水”，不知都流进了谁家的腰包？

当江河遇上大海，很多事情，也就不好说了。

拾

钢城暮色

用慢门拍摄烟雾烘托气氛

中国乃至全世界，污染曾经最严重的城市是哪里？是本溪。

中国环境意识觉醒，最早的城市是哪里？还是本溪。

中国治理大气污染，最成功的城市是哪里？依然是本溪。

要彻底根除环境污染，最难的中国城市在哪里？唉，本溪啊……

本溪，辽宁东部最大的重工业城市，和大气污染、水污染、矿渣污染顽强斗争了20几年，因污染、治理污染、治污大见成效、继续治理难度大而闻名天下。毫不夸张地说，本溪30年的改革发展史，几乎就是一部与污染顽强斗争的历史。它是中国全民环境意识觉醒，努力实现可持续发展的一个活的标本。

建市伊始，本溪就是一座以煤炭、钢铁、水泥、化工为产业支柱的城市。赫赫有名的本钢，是这座城市生成、发展的基础。早年，这里只有几座散落在山间的小屯子，清光绪二年始建怀仁县，后改为本溪县；伪满时期设为本溪湖市。到1948年东北解放，才正式更名为现在的名称。本溪从村屯向城市的渐次发展，完全是由于焦煤、低磷铁等矿资源开采、冶炼规模不断放大，从而形成了人口的聚集和城市的布局。

本溪大规模的煤铁开采，始自1905年。那年12月18日，日本关东军总督府无视中国主权，非法批准大仓喜八郎建立本溪湖煤矿，后来又迫使腐败的清政府批准了“合办合同”，更名为本溪湖商办煤铁有限公司。1931年“九一八”事变后，日本侵占东三省，本溪的所有采矿、冶炼权益，全部为日寇所霸占。直到1948年10月30日本溪解放，本溪的产业主权才回归中国人民。

这就是目前本溪最大企业——本钢集团的历史沿革。

在以本钢为代表的重工业演变、发展过程中，伴生了本溪的城市化进程。可以说，没有重工业，就没有本溪市。因此，重工业所固有的污染，对本溪城而言，可谓与生俱来。这就是本溪污染严重的历史成因。

▲ 窥本钢

此外，本溪的大气污染，和所处地理位置关系密切。

本溪的工业设施和民居，混建在一座环型山谷里，四围是连绵起伏的山脉，阻挡了大气的流动，使得工业烟尘难以发散，聚集在城市上空形成巨大的“烟盖”。因此，本溪曾有个让人毛骨悚然的别称——卫星上看不见的城市！据说，当年从太空观察地球，因大气烟尘污染而完全看不到的城市，全球只有本溪这一座。本溪的污染，曾引起邓小平等国家领导人的高度重视，多次做出重要批示，并由国家拨付专项资金予以治理。

18 年前，我和我的同窗好友徐永清第一次来本溪，面对的就是这样一座城市。然而让我们喜出望外的是，这里还有一群发誓要把这个“烟盖”揭去，把蓝天碧水还给市民的人们。本溪的领导和有识之士，因深受污染之苦，是中国环境意识觉醒最早，治理污染行动最早的群体。

后来，我们以本溪的污染和污染治理为题材，撰写了一部长篇报告文学《拯救与命运》。这本书共计 20 万字，由时任国务委员宋健题写书名，由时任国家环保局局长曲格平作序，1992 年 4 月由国际文化出版公司出版，并在北京召开了首发式和研讨会。

《拯救与命运》，是当代中国第一部反映环保意识觉醒的纪实长篇，尽管这说法难免自吹自擂之嫌，却是实情。

18 年过去了，这座“卫星上看不见的城市”，如今怎么样了？

18 年的牵挂，让我此次旧地重游，等不及安顿下来，就请当地干部直接送我上山，登高望本溪。

▼ 本溪新城

平顶山位于本溪城南，海拔 657 米，正好占据本溪环形山谷的中段，居高临下俯瞰，本溪尽收眼底。这也是当年我们为了考察本溪的大气污染，曾经到过的地方。

不用多说什么，本溪治理污染的成就，你站在平顶山上，闻都闻得出来！

当年，从山底下飘上来的硫磺臭味，会呛得你脑仁儿发涨。而今，清新的空气，让你呼吸顺畅，周身舒泰。再看城市上空，所谓“烟盖”，早已不知去向，楼宇、街道、树木、河流，历历在目，清晰地呈现在眼前，精致而细微，仿佛是捧在手掌心里的玉雕。

本溪，曾经因环境污染让邓小平等国家领导人寝食难安的本溪，如今真的有了青山绿水、蓝天白云、鸟语花香！

然而，当你把目光从环形山谷的东段移向西段，欣喜又会被淡淡的忧虑所笼罩。

沿着山谷的曲线，本溪被分为东西两段。东段是老城的一部分居住区，而今继续向东扩展，建起了高楼林立的新城。西段是本钢厂区，一排排厂房和高高低低的烟囱，隐现在慢慢升腾的烟雾里，让你意识到这座城市，依然存在着大气污染的隐患，要彻底根除环境问题，本溪还有很长的路要走。

据当地干部介绍，本溪地区的水泥厂、化工厂、造纸厂、煤窑等污染严重的企业，大多已关停并转，但本钢这座特大型企业，要搬家或关掉，目前还不现实。不过，本钢已采取了当今治污技术水平所能达到的全部措施，比如除尘、脱硫、水净化等等，虽然在生产过程中还有烟雾排放，但对环境和生物的危害，已经非常小了。

这些说法，让我心安了许多。

此时夕阳西下，金风徐来，秋色中的本溪，在我的镜头里，呈现出清丽与迷蒙的两张面孔。

我站在平顶山上，凝视着太阳在本钢的烟雾中一点点沉下去，心中充满了对明天的期待。

▼钢城日暮

摄影一点通：人类活动而产生的烟气，在一定程度上是污染环境的表征。除此不论，仅就拍摄的技巧而言，借助烟气而运用好大气透视规律，可以使影像气氛更为强烈。采用小光圈（f16），慢速度（0.4 秒），使飘荡的烟尘因虚化而更显迷蒙。

想起我在《拯救与命运》中开篇的第一段文字：

像树叶无法选择树根，我们无法选择历史。原有的那些制约着人们的物质和精神，尽管常常背离我们的愿望，但我们却不能不去接受它、正视它。忍耐临界极限，于是有了变革……

拾壹

三江浩浩看落霞

用“错误”的模式拍出奇异

▲ 同江晚霞

从贵州回京一周后，有个机会去黑龙江省采风。

本来对白山黑水，我是比较熟悉的，仅今年就已去了三次。但我看了一下此行安排的行走线路，大致是同江——抚远——五常——黑河，然后进入俄罗斯边境城市布拉戈维申斯克。这几个地方，刚好我都没有去过，于是游兴大增。

咱中国地界儿大，就是一个省你去过很多次，也未必能把省内的名山秀水走遍。

我去黑龙江省期间，发生了令人震惊的伊春空难。但那家着了大火还嘴硬的国家级媒体，竟然在“第一时间”的记者连线报道中，把伊春空难生生错报成“哈尔滨空难”，愣说飞机是在哈尔滨机场附近坠毁的。害得亲戚朋友差点把我的手机打爆，问：“你没在那架飞机上吧？还活着呐？”

你说这帮玩火的新闻大腕，气人不气人！

空难让人痛惜，同时我又暗自庆幸没有登上那架“死亡航班”。本来有朋友建议，从哈尔滨飞赴伊春看红松林。但伊春我比较熟，曾去过多次，因此力主按原定线路行走，于是大家只好作罢。否则的话，有些“赶寸”了的事，也就不好说了。

第一站，到的是同江市。离同江不是很远的佳木斯市，我在二十几年前曾经到过，是为了写一部纪实长篇小说来采风的。那次一别，这个中国大地上的东北角，我就再无缘重游了。

同江怎么个好法，过去我是一点儿都不摸门儿。到了之后才知道，敢情同江除了有“赫哲故里”之称，还占据着中俄日韩经济圈的核心地带，是我国沿边开放地区的重要国际口岸城市。

不过，同江的最大看点，不是城市街道，而是水。它是黑龙江、松花江的两江汇合之处，两江汇入的河道，又被当地人称为混同江，因此有“三江绕城”之说。我揣摩，这大概也是同江这一地名的由来。

今年雨水大，江上发水，三江口一带的水面，愈发开阔而浩荡。某些低洼地带，江水漫堤而上，淹没了一些庄稼，不过还没有闹到成灾的地步。顺带说一句，今年黑龙江省的农作物生长得特别好，东北今夏的水患，对黑龙江省基本上没有太大的影响，秋粮丰收已成定局。

除了水，同江的另一个看点是路。在本组照片中，大家注意其中一张有座石碑，上刻“同三公路起点”。据说，这是中国最长的一条公路，起自同江市，终点在海南三亚，全长 5700 公里，又被称为国道 010 线，全部建成后将成为贯穿我国南北的交通大动脉。

▲ 同三公路起点

不过，现在同江的路，暂时还是让人有点儿泄气。从佳木斯开车赴同江，道路的坑洼窄塞，可以用恐怖来形容。但是沿途所触皆是高速路建设工地和醒目的“决战三年修好路”的标语牌，还是让人心里充满了期待。

我们当天下午从佳木斯一路颠簸赶到同江，吃了早已过时的午饭后，已是傍晚四五点钟，急忙忙赶到江边拍摄。先到同江口岸，这是此地中俄两国贸易来往的必经之处。由于时间已晚，口岸已经关闭，当地朋友托关系我们才得以进入，好处是没有乌泱泱的人流，画面显得很干净。不过，口岸通关的大厅是禁止拍摄的，这规矩中俄两边都适用。所以，我在这里拍摄的照片，大都是违规用盲拍方式偷偷拍摄的。而在同江口岸大厅，我仅仅“偷”了一张。

而后去哈鱼岛上折腾了一会儿，半路上又在湿地周边盘桓，等赶到三江汇合处的时候，已是晚霞满天。

江面的对岸，就是俄罗斯，燃烧一般的云天，让我想起了刚刚控制住的俄罗斯森林大火。

摄影一点通：大部分数码相机，由厂商给出多种拍摄风格模式，比如标准、风光、人像、黑白等，供拍摄者临场对应选择。一般而言，我们会如实选择模式，即拍风景时选择“风光”模式，拍人物时选择“人像”模式。不过，你也可以

通过选择“错误的模式”，使照片在色彩、反差、锐度等方面看上去异样，从而达到较独特的视觉效果。这张风光照，就是选择“人像”模式拍摄的，色彩和质感，确有奇异之处，比“标准”拍的偏些蓝，比“风光”拍的偏些黄；与现场人眼的感受相比，云色更为朦胧、丰富。

不过，这个季节里在黑龙江的地面上拍摄，可不是什么惬意的事情，你也来不及遐想或琢磨什么构图之类。蚊子！东北的蚊子，势力之众，力量之大，能把你抬起来！这些又大又傻、义无反顾的家伙，无耻得很。像某些新闻大腕，吃你没商量，贼上你就别想跑，一口下去，几乎是连血带肉地吸，非一周半月红肿难消。我们只能一边打蚊子，一边拍摄，即便如此，浑身上下还是被咬了二三十处。所以你想要踏踏实实拍摄，完全没有可能！

本组图片和我此行中的大部分图片，就是在这种情况下拍摄的。在对焦构图时，你绝对不可以静默超过3秒钟，否则必定被咬！

直到现在，我身上的脓包、抓痕还没有消退，尤其腿上胳膊上，依然花瓜一般，像中了头彩。

拾

贰

赫哲故里看渔乡

在拍摄前有的放矢修改相机数据

▼江天一色

摄影一点通：这张照片拍摄于夕阳落山后弱光下，景物没有明显的明暗对比，色彩的明度较低。如果以相机给定的标准数值拍摄，则照片灰度大，事物没有凹凸感。在这种情况下，应及时修改相机给定的数值后进行拍摄。大部分数码相机，可修改的数据包括反差、饱和度、锐度、色相等。另外，不同的拍摄模式，也会改变上述数据，比如，“风光”模式就比“标准”模式反差要大；“风光”模式比“人像”模式锐度要高，等等。这张照片在拍摄时，选择“风光”模式，反差、饱和度、锐度分别比标准值提高了2级、1级和3级。

从同江去中国最东方的县——抚远，街津口和八岔是必经之路。这两个地方，是赫哲族人聚居地，被称为“赫哲故里”。

“赫哲”语义“东方”“下游”，正好契合了这里是中国版图的东极，亦是三江的下游。

▼赫哲族小姑娘

赫哲族是我国“六小民族”之一，解放时人口不足三四百人，几近灭绝。新中国成立后，赫哲族也获得了新生，目前已发展到四五千人以上。

最早知道有赫哲人，是从前辈歌唱家郭颂演唱的那首渔歌“啊哦哈赫赫尼啦……”开始的。并由此知道，在这广袤的黑土地上，还生活着我国北方唯一的以捕鱼为生的少数民族——赫哲人。

赫哲族人口不多，但历史悠久，其渊源可追溯六千年以上，有自己的语言，但没有文字，早年靠削木结绳记事。他们善制鱼皮衣，惯驾雪爬犁，个个是捕鱼狩猎的高手。生活聚居的区域，主要在同江、抚远一带，这里是黑龙江、乌苏里江、松花江三江交汇冲击而成的平原，背靠蜿蜒起伏的完达山脉，土地肥沃，江岔纵横，物产丰饶。尤其是盛产鲟鱼、鳇鱼、鲤鱼、大马哈鱼（又称大麻哈鱼、鲑鱼，历史上赫哲人用其皮制衣）等水产品，用传统制作方式凉拌生吃，其鲜美妙不可言，比日本的生鱼片好吃一百倍！

从同江到抚远，有百十公里。驱车沿途所见，尽是水道、江湾、河岔、湿地、湖泊、水泡子，装点翩翩飞鸟或三两舟楫，亚赛江南水墨画。

实地考察之后，有关“赫哲聚居地乃北国水泽、东方渔乡”的说法，让我心悦诚服。

然而，如果你想了解赫哲族特有的文化历史和风俗习惯，只有去作为博物馆的“赫哲民族文化村”里才能略有感受。在现实当中，赫哲族人在各方面大都汉化，已完全没有什么特别之处。

据说，赫哲族的语言，已成濒危语种。在街津口、八岔一带，能说赫哲语的六七十岁老人，大概只剩十几个了。而年轻的一代，只会讲汉语，着装举止上，和普通汉族人毫无二致。国家和当地政府采取了多种措施，希望保护和拯救赫哲族的文化历史，但社会发展、融合的潮流，真的非人力所能阻抗。

当地少数民族在物质上和社会事业上的巨大进步，毫无疑问让人欣喜。但固有文化、风俗的逐渐消逝，却也让人扼腕叹息。说实话，站在街津口的街头，站在赫哲族人的雕像前，我为人类文化多样性能够延续多久，不免忧心忡忡。

不过，这种担心，很快被水泽渔乡的美丽风光冲淡了。在宁静的暮色里，江岔、水草、树木、山峦、渔舟、白鹭，交织成一副淡雅的长卷，空灵而悠远，处处皆成文人水墨，让人想起郭颂演唱的那首渔歌，想起“棒打狍子瓢舀鱼，野鸡飞进饭锅里”的史上景观……

我为赫哲人和东方鱼乡默默祝福，就像郭颂在歌中唱到的：“幸福的日子万万年。”

▲山林舟影

拾

叁

乌苏镇上看落日

一张落日照的“四要”

▲ 辉煌时刻

摄影一点通：日落、日出时分，是出风光片的好时候。甚至业内有人认为，日出日落前10分钟、后10分钟时段内所拍照片，才能算是“风光片”，其他的都不过是“旅游片”。此说虽然过分，却也表达了日落、日出拍摄之难。这张照片拍摄的要点：一是动作要快——日含山脊时刻，不过一两分钟。二是平衡要改——白平衡不易用“自动”，而是改为“黄昏”模式，使色彩趋红、趋黄，饱和度更高。三是曝光要准——过曝，高光区细节丢失；欠曝，则照片光感降低，通透度差。四是机位要好——机位设置的要高些，这样反光的水面才能入画，从而增加地面暗部的层次感。这张照片，是爬上平房顶拍的。

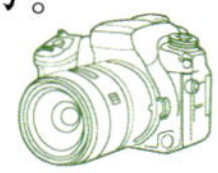

去往乌苏镇的路上，我们在抚远县城稍事休息。

在县城歇脚，主要是为了赶饭辙。由当地的朋友打接应，安排在一家外表寒碜但厨艺地道的鱼馆，狂搓了一顿全鱼宴。

其中一道赫哲族风味凉拌生鱼片，好吃得不得了！钢盔也似一海碗，剔骨去刺，削肉成片，佐以辣椒、香菜等，辅以让我说不上来的调味品，胡乱搅拌后上桌，鱼白菜绿，鲜美无比，看着舒服，吃着爽口。于是各位北京来的大侠，馋相毕露，鸡啄米一般下箸疯抢。

主人含笑不语，看看三刨两刨，快吃出碗底来了，朝包间外大吼一声：“店家，再上份大的啊！”俄顷，一捧白绿搬将上来。这次不是海碗了，而是一大盆，给孩儿洗澡也似，看得我眼晕！

东北哥儿们的豪放，从吃饭的家什上，就看得出来。

老实说，此次行程中，最吸引我的就是乌苏镇了。

为啥？乌苏镇是中国版图的最东端，能去到那里拍照，可谓人生的一大快慰。这是边陲远地，来往不易。你可以到黑龙江省七回八次，但能去到乌苏镇，却是十分难得的。让我不曾想到的是，此行不仅能在“华夏东极”圆梦，还能吃到如此香美的鱼宴，真乃眼福、口福，两福俱全了！

从抚远去镇上，有条穿越山梁的近路。司机师傅不明状况，贸然闯了进去。结果行之不远，发现泥泞坑洼，根本没个路样，能把玩越野的也愁死。我们乘坐的那辆凯美瑞，哪还耍得起来？为了提升底盘高度，我等只好下车步行，一边走，一边两手在半空乱挥乱抓，轰赶四面围攻的蚊虫。远远看去，仿佛手舞足蹈的疯子，刚从精神病院逃出来似的。

如此这般，等赶到乌苏镇时，已是夕阳西下，红霞漫天。

乌苏镇是一座与陆地相连的小岛，处于黑龙江、乌苏里江两江交汇地带，以精确的地理坐标而论，它是中国疆域的最东端，因而又有“华夏东极”的称谓。

不过，自打中俄两国经过艰苦的讨价还价，达成勘界协议后，黑瞎子岛，半数划归中国。据介绍，目前中方正在岛上修筑设施，估计不久的将来，现驻乌苏镇有“东方第一哨”之称的中国边防哨卡，将班师就位。

对于2008年的中俄勘界结果，民间议论纷纷，时至今日，说亏说赚的都有。

在我看来，无论如何，中俄达成协议，让两国的边境安定下来，从大局考虑，是两国人民的福祉，也是两国战略上的共同需求。在这个过程中，恐怕双方都有赚的地方，也有赔的地方，各自的妥协让步在所难免。

▼乌苏长天

▲东方第一哨

据我的观察，总体上说，两国百姓现在处得不错，边境也是一片祥和。我曾在十年前和更早的时候，去过东北中俄边境和前苏联，与那时比较，俄罗斯人对中国人的态度发生了巨大变化，两国之间的气氛和关系也不可同日而语了。

乌苏镇很出名，除了它是“华夏东极”，是中国最东端的行政乡镇，还因为它是全世界最小的镇子，只有一户人家，共三口人。除此之外，常驻镇上的，就只有一个排的边防守军了。

“东方第一哨”，是乌苏镇旅游最大的看点，如今已对游客开放。但由于这里实在是路途遥远，所以游人并没有几个，这对拍摄照片来说，倒是件好事。

本来，我们是冲着“东极日出”来的——中国最早见到太阳的地方，听着就给劲啊！谁想，乌苏镇上的落日，竟也是如此的壮丽辉煌！休说明早，且顾眼下吧。一个乌苏镇的傍晚，我就把相机存储卡拍爆了。

▲乌苏镇进岛路口

▼ 红旗猎猎舞哨卡

拾肆

华夏东极看日出

长时曝光实现人眼所不能

凌晨 2 点 50 分，没等设定的闹铃叫响，我就翻身下床，抓起相机，摸向炮艇泊位。

天很黑，是被说俗了的“伸手不见五指”那种（当然六指儿的除外）。似有似无的晨曦，在东方的地平线弥散开来，朦胧地显示出天空涌动着厚密的积云。风很大，吹得人踉踉跄跄的，让我怀疑支不住三脚架。想起当地人说，乌苏镇又被称为“窝风口”，果不其然，的确风头凌厉。

摄影一点通：相机镜头不同于人的眼睛，能“看见”我们人眼看不见或看不清的东西。这张照片就是在人眼不辨事物轮廓的黑暗中拍摄的，时间是凌晨 3 点半左右，长时曝光达 10 秒，因此旗帜、树木、云朵等，都由于运动而虚影，使得固定的瞭望塔等建筑，看上去愈发显得坚实、挺拔。运用长时间曝光时，应利用三脚架等稳固地安置相机，同时使用反光镜预升功能，以降低机震。

经验告诉我，天空有如此厚的云层，能不能看到地平线的日出，很难说了。我期待着大风吹去天空的云，祈祷着太阳露脸。

如我在前文向大家交代的，乌苏镇地处中国版图的最东端，是中国最早见到太阳的地方，因此有“华夏东极”之称。想想吧，能在这里看日出，作为一个中国人，应该是怎样的感觉？

我怀着从未有过的期待，心中充满了庄严、神圣，像教徒渴望神的降临。

我们住的地方，离“东方第一哨”近在咫尺，走过一道百十米的慢坡就到。所以，我可以从容地摸索前行，一边去往昨晚我已观察好的哨卡的一处平台，一边拍摄夜幕中的瞭望塔。光线太暗，使用了最大光圈，匹配 20 秒快门，依然只能获得塔身模糊不清的剪影。

那处平台，窄窄的，仅有十几平米，离炮艇的泊位很近，正好可以用艇身做前景，拍摄日出。

我之所以爬起来这么早，心里是打着小算盘的。看日出，拍日出，是来乌苏镇的所有游客的心愿。而那处最佳拍摄位置的平台，站不下几个人，我可得抢占最好的机位！

然而事实上，并没有谁来和我争抢地盘。当天早晨后来出现的游客，除了我们这一拨儿，只有三两个来自杭州的客人，还有一位从深圳独身驾车游走而至的中年妇女，总共不过八九个人。只要你高兴，可以打着跟头拍摄，没人碍你的事儿。

但是，早起并没让我后悔。在“华夏东极”，在“东方第一哨”，在黎明前那个最黑暗、最神秘的时刻，独我一人迎风伫立，站在空阔的两江水岸上，迎来了中国第一缕最明媚、最纯粹、最令人神往的晨曦！

这是一种能让人铭记一生的经历，这是一种不是每个人都可以拥有的经历。我为此而激动得泪流满面，一任风吹泪花，飘洒在身后茫茫夜色中……

昨晚，我曾向经营快艇游的小老板打听“太阳几点出来？”回说，“最早的时候两点，这阵子，应该是 4 点多吧。太阳快着呢，一蹦就高啦。”

▲ “东极”晨曦

因此，站在平台上，尽管没人来和我抢机位，我还是有些紧张。一边看手表，一边不错眼珠地凝视东方的晨曦，生怕小老板说错了时辰，或是太阳一高兴提前出来了，我要是抓不住那“一蹦就高”的瞬间，不如一头扎进乌苏里江，死个球的算了！

然而，从 3 点等到 4 点，从 4 点等到 5 点；银色的晨曦变成了殷红的早霞，殷红的早霞又变成了灰蓝的阴霾。天空像个万花筒，尽管五光十色，变幻着万千奇妙，但是，那让我祈祷着的太阳，那让我接受洗礼一般渴望着的太阳，却一直没有出现。

我把着相机，保持着随时按动快门的姿态，默默注视着东方，久久不忍离去。

凑过来看热闹的小老板念叨：“完喽，完喽，今儿个白瞎喽，云太多喽，太阳出不来喽……”听她念秧子一般，“喽喽”个没完，我恨不得捶她一通！我知道，太阳就躲在云霞的后面，知道它是在和我捉迷藏呢。来阵大风，哪怕云彩飘开一点点，太阳就会露出笑脸的。我甚至固执得像个傻孩子，“来吧宝贝儿，来吧宝贝儿，只露一秒钟就行。”就这样自言自语，絮絮叨叨地念出声。希望能感动太阳，感动这万物之主，这世界的精魂。

然而，除了漫天的云霞，除了风的呼啸、水的吼声，那依稀的一轮旭日，却始终藏在云的深处，似有似无，飘忽不定。

▲ 天蒙蒙水漫漫

惆怅啊。深深的惆怅，像天空厚重的阴霾。而我离去的脚步，沉重得有些抬不起来……

早晨 5 点半，天空完全阴沉下来。我们一行离开乌苏镇。一车的人，都有些失落，谁也不说话。

“朝霞真好看。”开车的东北朋友似乎是喃喃自语，“只可惜，太阳没拍着……等下次吧，下次你们来，一定会拍到的。”

我长长舒了口气，淡淡地笑起来。

到“华夏东极”，我说不准此生还有没有“下一次”；但我知道的是，只要这世上还有明天，那东方的太阳，就一定会闪闪亮亮地升起来的。

这是我的母亲、我的祖国的太阳啊！

拾伍

空中花园看美人

近些再近些

不是我故弄玄虚雷人，老尹才是始作俑者呢。您看过本组文图要是觉得上当，可以拎上棒子找他算账！

老尹，朝鲜族人。作为此次东北采风的牵头人，他一路上神秘兮兮地念叨：“我们家乡有座凤凰山，山上有一大片空中花园，里面有美女啊，那家伙漂亮的，美！”弄得我在中国东北角上拍摄日出日落都不踏实，惦记着早日赶到空中花园看美女。

谁曾想，老尹说的美女，敢情不是人，是美人桦——生长在凤凰山上体态婀娜的桦木。你说他多能忽悠！

▼凤凰山上“女儿柔”

老尹何许人也？今儿个暂且按下不表。

单说这凤凰山，地处黑龙江省五常市，是近年新开发的一处旅游风景地。据说，五常市的地表水体非常好，俱是山间溪水汇聚而成，乃天然矿泉水。这一点我此行得以印证，并在以后会以专题推介。

但五常的水，五常人却喝不到，全用一根巨粗的地下管线，输送到了一百多公里外的省城哈尔滨市，乐得哈市上下欢天喜地。为了报答五常的大恩大德，哈尔滨给了五常一笔款子。于是五常人拿这笔钱修整了进山的道路和旅游设施，凤凰山这才火了起来。

这说法虽是坊间传言，但“矿泉水流进哈尔滨”却是千真万确的。给我们开车的朋友，家在省城，据他说：“俺们那疙，喝的是五常甜水，打开水龙头，就能可劲儿往嘴里灌！”

不过，五常最近在全国甚至全世界都出了名，不是因为“矿泉水”，也不是因为凤凰山，而是因为“五常大米事件”！由那家国家级大媒体揭秘掀风，全国媒体随风起浪，把曾经风光无限的五常米，一夜间弄成了过街老鼠。五常的经济，为此损失惨重。当地的一位朝鲜族米商说：“过去拉米的卡车，是排着队等货；现在可好，稀稀拉拉的，吆喝都没人搭理了……”然而，五常人怎么看、怎么讲？五常稻米的真实生产、销售情况怎样？却没人感冒。信息不对称到如此程度，让人还有什么可说的！

我这次去五常，虽是摄影采风，但是，咱吃了五常的，喝了五常的，不说说公道话，良心是过不去的。谁让咱“吃了人家的嘴短”！不过，今儿个咱们说美人儿，这等闹心事，还是留待以后再说不迟。总之，五常是我见过的中国农业生态最好的地方，当地朝鲜族、汉族农人种植稻米，已有数百年历史，加上气候、环境、水土适宜，米质绝对一流。大家不要“听风就是雨”，只要购买的渠道可靠，吃五常大米，没有任何问题。

五常似乎是个注定要出名的地方。我下面要介绍的这一名声，出自20世纪90年代，并且和我们正在谈论的凤凰山“美人”，大有干系。

▲ 五常良好的农业生态

20 世纪 90 年代中期，全国乃至全球的 UFO 研究方兴未艾。这时，从五常凤凰山传来一则让世人瞠目结舌的消息：一架 UFO 降落在凤凰山顶石海，即现今的空中花园南侧附近，停留数日不去，目击者达百人之众。外星女人甚至穿墙而过，强行掠走了林场的青年男工孟昭国，与之春宵一度，并立下海誓山盟："数年后送孩儿与你！"真是有鼻子有眼儿，情节诡异而温馨，让人骇然且春心荡漾！心说那孟家小子是何方神圣，这天赐良缘，俺咋就赶不上呢？！

关于有没有外星生命或外星人，我和霍金大师不谋而合，是坚定的笃信者。浩浩天体，茫茫星河，凭啥地球人是唯一的万物之主啊？就冲人类这个折腾劲儿，早晚得让天外来客收拾了！

但我猜想，外星人大概都比较善良吧？他们来地球，不是为了奴

▲ 石海，UFO 降落地

役人类，恐怕是为了改进人种而来的。比如凤凰山的 UFO 事件就是佐证——以身相许，还要把儿子（也许是姑娘或是一群别的什么？我猜她们外星娘儿们，跟咱人类生儿育女可能不一样，也许是像大马哈鱼似的甩籽儿呢）送还给你，以此来改造你们人类，让你们别瞎折腾，像某些“妓者”似的唯恐天下不乱。

如此一说，各位也就可以知晓，五常绝对是个出新闻的地方，包括凤凰山上空中花园的“美人”。

不过，以美人比喻凤凰山的桦木，完全符合这里人们富于想象力的浪漫性情。我看过、写过、拍摄过许多地方的桦树，大都是笔直向上，属于亭亭玉立、身材修长那种；如空中花园这样搔首弄姿、仪态万千的桦木，本人头回亲见。

▲外星美女：别跑，我爱你！

摄影一点通：摄影的一个重要原则，就是近些再近些——让你的相机尽可能地贴近被摄对象。抵近拍摄，镜头中的景象可能会出乎意料。比如这张照片，采用长焦近摄，拍出的这段桦木，竟如我们想象中的外星人面目，趣味盎然。焦距150mm，光圈 f3.5，快门 1/640 秒，物距（相机距主体距离）约 1.5 米。

我想，当年那UFO不去别处，偏偏降到这里，而且盘桓多日，也许正是因为这美女似的桦木吧？

你不妨如此畅想：那开飞船的是个男的，看见凤凰山上婀娜多姿的白桦，误以为是地球美女，非要强行降落沾花惹草。他老婆（我猜是副驾驶）勃然大怒，于是降落后选中孟氏青年婧和，演绎出荡气回肠的“星际生死恋”。

果如此，正应了咱地球人那句老话：女人是祸水啊！

玩笑了。

▲凤凰山高山湿地

拾陆

凤凰峡谷看溪流

如何表现溪流的滋美

这组照片，适于静静观赏，品味水色的滋美、溪流的韵味、浪花的旋律、跌瀑的层次和山石、草木的安闲与幽静……

因此，文字在这时已显得多余。我还是少说为妙，只给大家做一点儿背景交代。

▼ 水扯银丝

摄影一点通：慢门拍摄，记录下水流动的轨迹和过程，可以更好地表现出水的滋美阴柔。这张照片拍摄数据为：快门 1/8 秒、光圈 f22、感光度 ISO50、焦距 70mm。快门速度的设置，应以流水速度决定。快门速度过快，会定格水花，无法记录流水运动的轨迹；过慢，流水的白色浪花又会模糊一片，缺乏质感。如把握不准，可用不同的速度、光圈互易匹配多拍几张。

去黑龙江五常市的凤凰山旅游，除了看桦、看“外星人”、看高山湿地等等，看水，是你要特别留意的。五常及凤凰山的水，多来自大自然酿化而成的山间溪流。如我前文所说，乃天然的矿泉水，绝无任何污染。水色澄澈，水质极佳，水态亦是曼妙多姿，极有声色。

我太太看了这组照片感叹：“没想到，咱们中国也有如此干净、如此漂亮的溪水！”聊以佐证作为“北国江南”的五常之水，的确美得非同一般。当然了，这也不能不让人如此联想：中国的水污染之祸，已经让人看不到几条净水清溪了！

在凤凰峡谷溪水边，我曾以空瓶取水痛饮，绝对甘甜可口、润透肝肠。但正喝到美处，下山的一位老哥说了句话，让我恶心半天，“还喝呐，上边俩孩子刚撒了尿！”

后来一琢磨，大可不必有“喝尿”之忧。慢说活水有自净能力，仅以水流的速度判断，上游小孩撒的尿，应该早就随水流过去了。再说啦，许是“童子尿”呢，据说喝了还治病呐！

如此宽慰自己，拍摄情绪并未受到影响，仍然是一手单反、一手卡片机，折腾到满头冒汗。

▲跌水分流

去往凤凰山大峡谷的路，在进入山门后一分两岔，一条通向主峰“空中花园”，另一条通向溪流峡谷。去到峡谷的风景地，有三四十分钟的车程，由景区定点派发往返班车。由于总是惦记着赶班车，所以要想在峡谷溪流上从容拍摄，几乎是不可能的。同去的摄友拍得不细，先行迤逦而上，我被落在后边。等我沿溪水爬到半山腰，他们已经往回走了。据说，上游有座高耸的瀑布，绝美异常。可惜我只能随同大家下山赶班车，在凤凰峡谷又留下了遗憾。

另外交代一下拍摄溪水的技法应用。有些朋友看过我此前拍的瀑布溪流，提过相关问题，这里顺便做个交代。

这组照片，拍摄于接近傍晚时分，天气为晴阴不定的阴霾天，环境比较昏暗，光线变化也很快。在这种条件下使用数码相机拍摄，需要不断适时调整白平衡，以使色彩还原更加准确。本组照片，根据现场光线变化情况，分别使用了“自动”“多云”“阴影”“K 值手调”等多种白平衡模式。

感光度全部为ISO100。因为我的那台单反和卡片机，降噪效果都不好，高感拍摄虽然会使相机的光敏提高，适应昏暗的光线，但拍出的照片，画质会显得比较粗糙。因此，我的经验是，即使是在弱光下，能使用低感光度，就不要高感拍摄。

▼ 水木年华

大部分照片，使用了三脚架和快门线，以保障低速下的画面清晰度。但卡片机拍摄的照片，全部为手持拍摄。三脚架在实际拍摄中，容易受到场地、环境等制约，也会使视角变化受到阻碍，因此拍摄任何题材的照片，手持的功夫都是需要的。

要拍出流水的动态之美，快门的速度设定是关键。应根据水流的速度、你希望获得的表现力、你所使用的光圈大小等等，对快门速度进行精细的调整设定。本组照片全部为手动曝光，使用的快门速度从 2 秒到 1/20 秒不等。

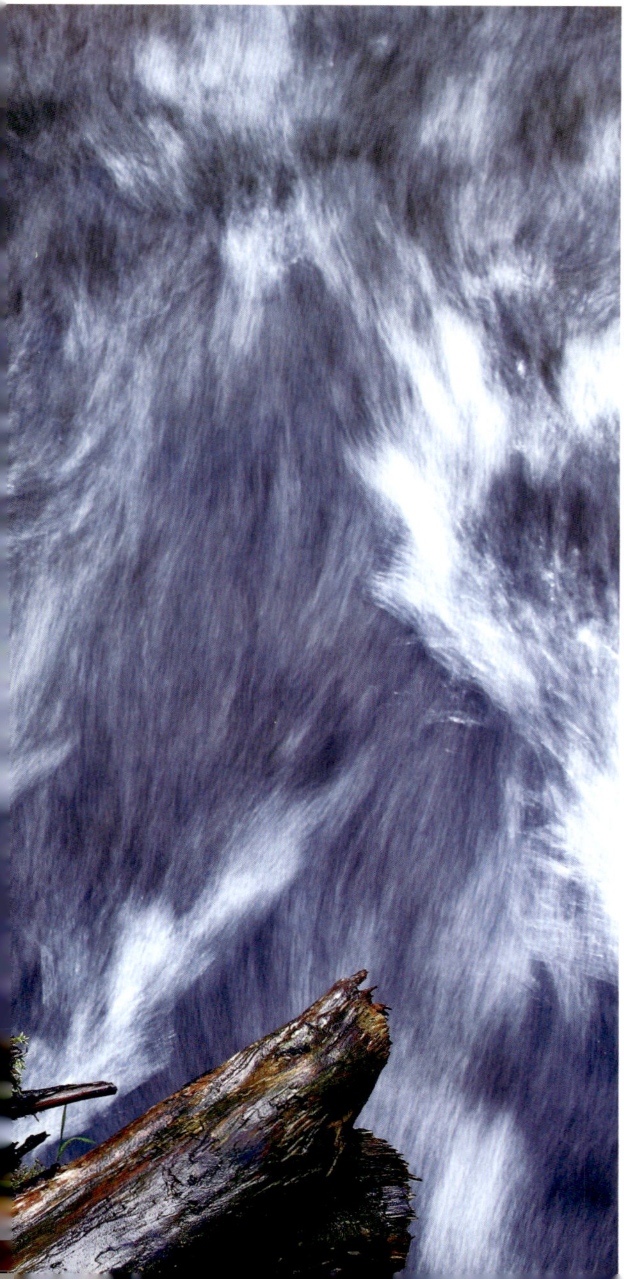

类似这些操机实拍的事儿，在我的《你也能成摄影家——用低端数码相机拍出好照片》一书中，都有详细的图文案例和阐述，是我多年拍摄实践的体会和总结。

拾柒

嘉荫探龙

怎样把远近事物都拍清晰

▲ 恐龙时代——嘉荫室外雕塑

离开新青湿地，雨完全停了。水洗过的天空，像新出锅的蜡染。

原计划到嘉荫用午餐，但我在湿地拍摄耽误了时间，再加上不时停车拍摄沿途山林景色，只好改变计划，在汤旺河镇附近一家小馆草草果腹。

伊春到嘉荫，有两百公里。进入嘉荫城区之前，先抵达恐龙国家地质公园和设在园内的恐龙博物馆，其展出的复原恐龙化石骨架，被誉为“神州第一龙”。嘉荫的恐龙化石，种类之多、藏量之大、研究和观赏价值之高，举世罕见。据说，对恐龙的发掘科考，目前还在进行中。

嘉荫的名气，其实是和恐龙紧密相关的。看恐龙，是游历嘉荫的第一要务！特别是嘉荫地处北国边陲，游人罕至。在阒无一人的博物馆里游荡，惊骇于恐龙的巨大威猛，想象着远古的荒蛮与生命的自由，你会感觉自己的身体和灵魂也飘了起来。

▲ 嘉荫恐龙国家地质公园内的恐龙博物馆

嘉荫恐龙，最先由俄罗斯地质学家在 1902 年发现。他们把发掘出的化石运往圣彼得堡，组装出一具高四米五、长八米的完整恐龙化石骨架，并以“黑龙江满洲龙”来命名。这是在中国出土的第一条恐龙骨，也是流落到国外的第一具恐龙化石。

解放后，我国地质及考古工作者，在嘉荫展开持续、大范围发掘，相继发现了多个种类的恐龙化石以及龟、鳄、蜥、鱼等动植物化石，并在离“满洲龙”发现地一百多公里外的乌拉嘎地区，发现了新的恐龙化石群，从中发掘出鸭嘴龙、霸王龙、虚骨龙、甲龙等，以及诸多种古生物叠加在一起的骨骸。这一发现，震惊了世界。

总体上说，嘉荫恐龙多属晚白垩纪大型鸭嘴龙科，是6500万年前在地球上生存的最后一批恐龙居民。

在嘉荫看龙，最让我感兴趣的是恐龙们和多种生物们的死法。从骨骸叠加在一起的情况分析，它们应该是瞬间同时死亡的。这不能不让人思考当时地球上究竟发生了什么事。

关于恐龙的灭绝，学界有多种说法。其中一种说法最有意思，说是由于恐龙数量太多、体型太大、排泄太猛。它们放的屁形成了浓烈的二氧化碳，造成地球的温室效应，从而导致气候和地貌急剧变化，造成了恐龙的大量死亡并最终灭绝。也就是说，恐龙是让自己的屁，给熏死的！

而最新的一种说

▼神州第一龙

法，是我几天前在一则新闻报道中看到的。国外有媒体称，最新科学研究发现，地球的深处潜藏着“定时炸弹”，就是地幔的运动，在急剧运动时，可能有大面积的地火、岩浆喷出，其威力足以毁灭地球上的所有生物。并说数千万年前的恐龙等生物突然消失，就是“定时炸弹”突然爆炸的结果。

现在，置身巨大的恐龙骨架下，想到几天前从《参考消息》看到的这则新闻，让我不寒而栗。既然是“定时炸弹”，既然它可以灭绝曾经主宰地球的恐龙，那它一旦再次炸响，我们不可一世的人类又将如何？

想想现实中的争权夺利、尔虞我诈，想想意识形态之争、矛盾利害冲突，凡此种种，人世间的千姿百态、恩恩怨怨，“轰隆”一声，全都玩儿完！还争个什么劲儿啊？若干千百万年后，有种我们现今想象不出的生物，拿着我的或你的头盖骨化石说“瞧，这就是远古时代最常见的一种生物，叫人类，他们相互之间掐得你死我活，却没想到地球轰隆一声巨响，他们全部同时报销了！恐龙的灭绝是地球的第一季，而以人类灭绝为标志，是地球的第二季”云云。

▼嘉荫龙江暮色

站在“神州第一龙”的骨架之下，我就听有个声音这样在我耳边聒噪，让我从心烦意乱到心如死水，僵在那里半晌未动，似乎也变成了一段化石。

在山东莱阳的恐龙峡谷，我曾有幸下到发掘坑里零距离窥看恐龙化石。而此刻，我有一种自己躺在坑里“被看”的感觉！

这种感觉控制了在嘉荫城内行走的我，无论是在中俄界河黑龙江的江边，还是在“恐龙之乡”的纪念碑下；无论是拍摄江中的船体，还是拍摄江岸上的建筑，恍惚间，那些现实中的景物，怎么看着都像是游来荡去的恐龙啊?!

▼ 博物馆恐龙骨架造型

摄影一点通：光圈 f14，焦距 28mm，快门 1/80 秒。焦点在人物雕塑身上，恐龙骨架雕塑与镜头形成由近及远的纵深排列。在这种情况下拍摄时，要想把整条骨架拍清晰，除了小光圈、短焦距，还要特别注意焦点位置的选择。一般而言，应把焦点放在离镜头更近些的位置上，比如这张照片中那个人物雕塑。这是因为，由于镜头构造的原因，前景深远远小于后景深，也就是说，焦点前面的清晰范围比焦点后面的清晰范围更小。这就是为什么这张照片焦点靠前的原因。

嘉荫是个异常宁静的北国小城，静得让人很陌生、很诧异，同时也很享受、很惬意。这种静，相比南方的小城之静，完全不同。南方小城之静，带有更多人的气息，是因为有人的存在，才显出静的可贵；而嘉荫之静，飘溢着更多的野味，与“没有人”互为因果。

嘉荫的宁静，是那种悠远的深沉和进入冬眠似的原始，好像白垩纪大灭绝之后的地球等待着复苏。

拾捌

从"猫狼"到"欧米茄"

视平线横在哪儿

▲茅兰瀑布

早晨5点上路，经茅兰沟去往黑河市。

东北的太阳，起得很早，惯常夏日三四点钟，天已大亮。所以要想凭借低角度光线讨巧，今天是不可能了。

茅兰沟在嘉荫县城西偏北六七十公里处，和我们去往黑河的方向一致。由于并不会多绕冤枉路，大家对经停茅兰沟的行程安排意见统一，并且充满期待。道理很简单，这条叫“茅兰”的山沟，是在中国东北边陲新辟不久的景点，大家都是只听说没去过。

沿途是黑龙江中游，时远时近出现在公路边。它从西北向东南蜿蜒流淌，穿越线条舒缓的小兴安岭山野，流速缓慢，姿态安详，宽阔而沉滞。水色蓝得发黑，犹如一条盘转蠕动的巨蟒。在这一江段，最宜直观地感受它何以被称为“黑龙江”了。

作为中俄界河，这段水路两岸景致大体相仿，多是林莽、草野，很难分辨出两个国度的差异。中方这边村落、田畴稍多，见出“人多势众”的特点和“优越”。

江岸的线条和江水的色彩，在早晨的光照下清晰而饱满，与伊春的阴雨天形成了鲜明的对照。拍摄这样的画面，让人心情愉悦，因此半路上耽误了不少时间。进入茅兰沟时，7 点的太阳高挂半空，晃得人睁不开眼，所谓“晨光”，早已不复存在。

▼ 中俄界河黑龙江

茅兰沟是省级地质公园，就旅游圈内而言，没多少名气。我上网搜索，竟然没有找到几张像样的照片，这反而激发了我的拍摄热情。

此行之前，我对茅兰沟一无所知。这一名字，和“嘉荫”给我的感觉相同。听来不像北方的地名，倒很像江南的某个小地方，带着水润花香，全无北国的野性。

到了茅兰沟实地后才知道，我的这种感觉是有道理的。原来“茅兰沟”，原名是“猫狼沟”，因岩高谷深、林密水急，特别是多有狼、虎、豹等猛兽出没而得名。

没想到极具野性的“猫狼沟”，被谐音为“茅兰沟”这样一个阴柔的名字。我猜，这不外乎两个原因，一是猫狼者，已被人们赶尽杀绝；二是中国人早就没了野性，连山沟的命名都去不掉娘娘腔了！

▲ 茅兰水色

茅兰沟地处小兴安岭北麓，由于河流溪水的冲刷，形成峭壁沟壑，间有跌瀑潭渊，地质结构特征鲜明。

进入沟内，给我印象最深的是沟中的流水。

由于地貌高低交错，流水呈现时急时缓的姿态，竟有动如脱兔、静如处子的情状，让人充分体味“水的本质”。尤其是沟内的水色，呈现怪异的黄，但这黄绝非泥沙或人为污染所致，而是自然生成，融入了矿物质，黄得澄澈清爽，如同冲淡的咖啡，让人想起“丝滑柔软”这类词汇。

野性的“猫狼沟”，因了这一沟水色而“茅兰”起来，这让我也就无话可说了。

从“猫狼沟”即“茅兰沟”钻出来，沿着黑龙江中游江岸，继续逆流北上，经乌云、逊克、孙吴等地，一路狂奔抵达黑河市。

黑河有筑路指挥部，对我们一行的招待热情有加。午饭间，商讨去工地现场拍摄事宜，才知道为躲避暑热，工人们大都是凌晨干活，到晌午全歇了。如此，相约明早清晨下工地。

饭后还有些时间，主人问我想去哪儿转转。

黑河我不久前刚刚到过，本来自以为很熟络。黑河旅游，大至有如下科目：一黑河市内；二黑河对面的俄罗斯阿穆尔州首府布拉戈维申斯克；三瑷珲条约签署地；四知青博物馆；五俄罗斯风情园或边境免税市场购物，六日本人当年修筑的胜山炮台等等。当然，在黑河，在曾经是中国土地的黑龙江的对岸，还曾是震惊中外的“海兰泡惨案”发生地。在黑河旅行，心内的伤疤是容易被触痛的！

看我如数家珍，主人突然说：“黑河的欧米茄，你可曾看过？”

我被问愣。欧米茄手表，特别是它的“Ω”形商标，我是知道的，但“黑河的欧米茄”是咋回事？

主人看我一头雾水的样子，知道是问对了，拉上我们一行就往黑河郊外赶。

从大道拐入一片山林，道路变得崎岖窄塞，沿途有山民在修整路基、路肩，显示出景区正在开发中。

来到一处稍显开阔地带，大家纷纷下车。门刚开，人还没站稳，肉大身沉的蚊子，如神兵天将，忽忽悠悠聚拢上来，扑得人睁不开眼。刚刚过午的太阳，热辣而灼炙，似乎能把人烤干。我汗腺比较发达，此时头顶、脸庞、脖子、肩膀，浑身上下，已是大汗淋漓。汗味对蚊虫很有刺激性，它们对我格外偏爱，但因了汗水的阻隔，那些蚊虫不好下嘴，于是，愈发疯狂地围绕着我这块肥肉，上下翻飞，横冲直撞，恨不能把我抬将起来。司机小丁等几位，拿块白毛巾，轮番在我头顶、面颊的上下左右，不停挥舞驱赶，与市场上买猪肉的轰赶苍蝇相仿佛！

谁知进到林子里的树荫下，蚊虫竟倏然没了踪影。据说，黑河的蚊子，有怪癖，逐热怕凉，我想这和有人偏爱大嚼腥臭的榴莲同理。而这里的林子，凉快至极，山风似乎特别清爽，特别勤快，一阵阵不停吹来，使林外的暑热为之一扫。于是乎，蚊虫的攻势锐减。本来东北午后，夏日的林子里会闷热异常，但这里的林子居然凉爽得十分异样而又可人。

这就是锦河大峡谷的山林，她完全改变了我对东北山林之夏的印象。

穿过一片林地，走到一片凸起的岩石上，不期而至的豁然开朗，让人又惊又喜。突然，我们仿佛高高在上，站在了云端。脚下，大地陡然下陷，形成巨大的沟壑，沟壑下面的河流、树木，微小得仿佛盆景，在深邃之中呈现骇然的清晰与美妙，似乎勾引你纵身一跃投入她的怀抱，我有一种想试试的感觉！而对面的山头，在人的视平线以下，让你体验凌空漫步的妙处，蓝天的游云，益发生动，显出电脑动画般的幻象，让人飘飘欲仙，要死要活的。

在这样的环境中，由锦河冲刷而成的U型大拐弯，坦坦荡荡地铺展在你的脚下，勾勒出大峡谷弧度赫然的腰身，形成倒置的欧米茄“Ω”

▼ 峡谷惊现“欧米茄”

图形，真个是趣味天成，形神兼备。

如果某一天，瑞士的欧米茄公司来锦河大峡谷拍摄宣传片，我一点儿也不奇怪。但是，在此我要特别提醒黑河人，可得让洋鬼子付专利费啊！这个“Ω”型图案，是咱锦河大峡谷的天然杰作，凭啥让他们无偿使用？！

据说，大峡谷的旅游，去年才被提上日程，今年才正式启动开发，如今还没有完全开放。难怪我上次来黑河的时候，未曾听人提起。如此说来，我是很有眼福的了。

锦河又名石金河，大峡谷在其中游，又称作“三道湾峡谷”。峡谷长约 10 公里，沟谷垂直深度有 100 多米，主要由两道相邻的 U 型河湾构成。沿山顶新铺设的木板栈道，由东向西行走，可以俯瞰两道河湾的异同。从形状上说，都是标准的欧米茄“Ω”形状，足以证明洋人有的咱都有！但两个“Ω”大小差别明显，东边的更宏大雄壮，西边的显出柔弱娇小之态，两者堪比“阴阳相济”或“琴瑟和谐”。因而有好事者，偏说这两个“Ω”形状的河湾，是两两牵手的一对儿男女，称其为“情侣峡”，这倒和欧米茄公司擅出男女装对儿表，合上拍了。

总之，黑河惊现欧米茄，确有其事。不管你信不信，反正我是信了！

由于峡谷上空风大，山林凉爽，我的拍摄并未过多地遭受蚊虫骚扰，这在此行中算是最好的拍摄条件了。不过，也有让我烦心的事。我因对“黑河的欧米茄”将信将疑，并未随身携带广角镜头，结果在合理的距离里要想把“Ω”形状的大拐弯拍得更有神韵，是我那只 24 — 105 的套头力所不及的。教训啊，看来一点儿懒都偷不得。

▲ 北国暮色

摄影一点通：视平线在画面中的什么位置合适？我在起初拍摄时，时常为之困扰。后来发现，如无特别的需要，视平线把画面按二三分割（如这张照片中视平线的位置），或者是按二一分割，看上去比较舒服。其实，这样安排，也是符合黄金分割的审美规律。卡片机手动拍摄，快门 1/80 秒，光圈 f2.8，感光度 ISO200，日光白平衡，“鲜艳”模式设置。

晚饭安排在卧牛水库旁边吃鱼。

我贪图水库日暮的色彩，离席去岸边盘桓拍照。那天好像是全鱼宴，但吃了些什么已完全没有印象，倒是卧牛水库的景致秀色可餐。此时蚊子凶猛，咬你没商量，浑身包包相连，竟至体无完肤。在大峡谷上躲过的，全在水库边补上了。可惜我一团好肉，便宜了卧牛水库的蚊子，想想对大峡谷的蚊子，真不公平啊！